PLÉIADES

Vincent Thierry

Éditeur Patinet Thierri

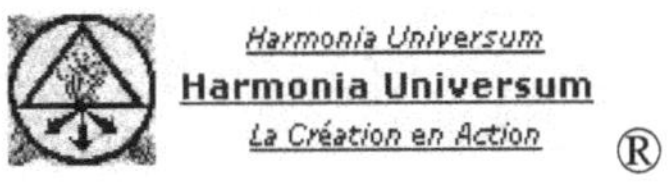

PLÉIADES

I

Âme sans absence

Clameur des épithéliales aventures marbrées,
Écloses et magnifiées des Astres éveillés,
S'en venait, de haute vague, par les promontoires
Des rives effeuillées, dont la fraîche histoire
Contait les envoûtements et les préciosités
Qu'une légende, dans ses passementeries adulées,
Couvait par les onyx aux diadèmes irisés
De respirations et de songes, de rêves éthérés,
Rencontre des paroles du zéphyr coryphée...

Âme sans absence aux constellations des règnes,
sans abri par les latitudes offertes aux semailles des
étoiles animées,
Accordant de mémorables faveurs, semblables aux
largesses de l'insondable plénitude, dans une
rectitude cognitive,
Où légions, s'en viennent leurs élytres, fugacités du
Verbe, dans une harmonie lumineuse, dévoiler leurs
stances initiées.

« Paroles qui ne s'enfuient dans l'Est des miroirs et
l'Ouest intrépide, comme le Sud invaincu, et ce Nord
majestueux,
Où ruissellent les rubis des adamantines sensations
naviguant d'offrandes en offrandes les ravissements
d'une gloire,
Adventice, s'il en fut, régnante et louée, dont les
armatures confèrent, solsticiales, d'épiques épopées
ininterrompues. »

Inscrites par la tempérance, identiquement par
l'euphuisme d'un sérail armorié, tenant en main la
couronne diaprée,
De ses métaux fiers, de ses granits divers, de ses ors
tumultueux, libérant les ignitions d'un cristal divin,
approprié et mûr,
Enchantant le gynécée de citadelles aux vitraux
éloquents dont la suavité enfante témérité et
splendeur.

« Visitation de souvenirs ataviques enfouis, de reflets opalescents tressés et effilés par la chasteté de l'innocence,
Se désignant, opportune, sans inquiétude, tant le devenir de ses jubilations et de ses espérances sont sommet d'une gratitude,
Qui ne se contemple mais se vit dans la dissemblance exonde de moissons où s'estompent les anathèmes fourvoyés. »

Tandis qu'en draperies, s'annoncent les enchantements, les sursis de l'heure et les ornementations fractales devisées,
Libre parcours des affluences engendrant un madrigal de joie indompté où dansent, ondines, dans un ballet, les embellissements de la nue,
Certifiant le message d'écheveaux de brusques témoignages, hissant les pavois de l'existence aux sommets de l'éther.

« Insistance de monacales vertus où d'affines continuités incarnent l'alabastrite d'une consistance constructive et précieuse,
Éclairant les chemins de la nuptialité gréée et convoitée par les nacelles hâlant leur certitude en deçà des exhalaisons,
Pour apparaître leur étoffe scintillante, flamboyante de la majesté du don et de son sacre, pour l'éternité, dans l'infini. »

Pluviosité d'essences dont les frénésies interagissent des poudroiements limpides où s'éblouissent les temps,
Pour façonner de courants prairial des palingénésies mobiles, façonnées et fières, dessinant sur les clairs-obscurs,
Des nidations de follicules accueillants l'ébauche d'une densité écrite par leurs rhizomes distincts, afin d'en accoster les rivages.

« Mélopée d'Îles aux promptitudes signifiées se dirigeant, toutes, vers l'universel éclat de la transcendance,
Vertigineuse, malléable et conjuguée, irradiant de ses faisceaux les novations acquises et conquises, tressées et fertiles,
Au-delà des congruités malhabiles, des officiances, statiques et surannées, et des déclins, consanguins et stériles. »

Tremplin d'une œuvre assumée, marquant les échelons de son élévation par toutes navigations, comprises et éprises,
Aux facettes sans nombre, dans le discernement composé imposant la vision de l'autorité qui veille et arpente,
Chaque canal, pareillement chaque escarpement, pour en valider la sublime beauté de renouveau à prospérer.

« Thème sans carence décrétant ses exigences, ses cortèges sous le vent, par les zéniths sans dispersion œuvrant le souffle,
De la viduité dans sa profondeur, ses multiplicités exemplaires et exquises, ses candeurs et ses vigueurs entêtées,
Dont la préhension mélodieuse, rescrit de l'Olympe et de ses conjonctions à propos, attribue la Vie dans ses oriflammes. »

Mesure navigante, de planètes en astéroïdes, dans la péréquation d'une embellie qui frappe à la porte d'une victoire glorieuse,
Issue des limbes les plus féeriques et les plus dantesques, où s'abreuvent les lys parturitions des constellations agencées,
Où se gardent les Cénacles et leurs empyrées dans une ardeur commune arguant le défi de germer par toutes vacations stellaires.

« Témoignées, libérées, parcourant les biosphères pour en appeler la sève amazone confluant de novices mérites,
Des éléments déversant sur les flots de leurs passages de nouvelles évocations, de nouveaux sillons à transcender,
Par le miracle de l'assomption et de ses clairvoyances, dont le feu pénètre les arborescences aux métalloïdes précieux. »

Lactescence de cargaisons chamarrées, aux fluviales appartenances de péans ébauchés, ranimant leurs couplets,
Pour bercer le calice de leurs confessions dans l'aubaine d'un horizon salvateur, advenant un avenir radieux,
Où se conjoignent, dans la votive allégeance, les armes les plus diverses et les plus propices pour se nantir d'une séculière aménité.

« Aux calmes des embruns qui passent, fuguent et s'émerveillent, dans la parousie des regards fixés sur les espaces,
Par leurs sources assainies tendant des voilages écarlates sur les humus épris, les sols à venir, dans un arc-en-ciel,
Levant des castels d'or où s'ajustent les lambris de la modalité des biotopes pour efforcer le sanctuaire des saisons. »

Continûment, sans ajournement de circonstances, puisque dans l'ingéniosité, se révélant le cœur miroitant des anciens littoraux,
La noblesse prégnante, ses aspirations, ses présages, mais aussi ses apprentissages ne se dissolvant,
Mais se concaténant pour diversifier leurs appréciations, les élever à la tempérance suprême qui ordonne et agit.

« Révolution d'eaux colorées dont les clartés se prodiguent dans la sobriété pour exhaler le corps d'un hymne dont les décorations,
Diaphanes, solidaires et émancipées, initient l'élocution à la contenance souveraine qui prie et accomplit,
Imperturbable devant les événements, les faits nés de la félicité ou de la peine, car instance du soutien de tous ressacs éthérés. »

Signe aux corolles tubulaires des archaïques
loyautés graduant les oratoires à Midi de salutaires
hommages,
Instituant les prouesses de l'émanation par les mille
et mille boisseaux de l'abondance et de ses
ruisselets familiers,
Là où s'acclame la pérennité, là où se féconde
l'ascendance, là où se présente la pluralité
démystifiée.

« Harnachement de l'orbe au factum de flores
avivées, ancestrales et couronnées, racine
imprescriptible et discrétionnaire,
Demeurant la conception de la perfection, de ses
ciselures gravées et ornementées de fresques
farouches et tendres,
Toutes contant une péripétie développée, ne
s'interrompant en ses prémisses, car ne se
dénigrant ni ne se putréfiant. »

Marche d'azur par les passementeries admirables des Sphères qui s'exposent, s'adressent, se réfléchissent et agissent,
Les ferments des ruisseaux aux opiacées splendides dont les compressions fulgurent et la durée et la distance corrélée,
Du sens sans défection, aux solsticiaux et équinoxiaux embrasements, farandoles de gravures de calcites altiers.

« Où s'effeuillent les rites dans des rythmes à la perspective navigante, brandissant ses drapeaux constellés et moirés,
De vierge Éden, de chaste jouvence, sur les ramures des cils ranimés devant les temporalités devinées et déployées,
Où se tiennent les pousses ardentes des frimas de l'hiver, les chaleurs d'écumes de l'été, et, inégalée, leur assiduité. »

Âme vagabonde, attisant ses harmonieux attachements dans l'entrecroisement de frugalités aux pressentiments louangés,
Et dans la frise des aubades, et dans les volutes aériennes des clameurs irisées, où se baignent les aréopages les plus extraordinaires,
Des contes fragiles ou timides, des tutelles fortes et divises, tous expériences des téguments assoiffés de foliations et de pinacles.

« Mannes de respires forgés dans l'onyx, le bronze, le fer, et le quartz, dans les métaux et les pierres les plus précieuses,
Avenant, or la préciosité, l'appui d'un dôme annonçant dans l'eau primordiale les moites suspensions safranées,
Des Hymens palpitants, résonnant sur les traces des labours d'une tierce, une novatrice consécration éclairée. »

Vive aurore de serments et de croyances ensorcelées, sur les chaînes de la féerie où vagabondent, alcôves,
D'étincelantes renommées, des cimes sans allégeance, des boisseaux de houles aux astreintes conquises,
Aux lourdes promesses d'opales, aux longs affluents obéissants, charriant les nourritures étoffées de prestes vigilances.

« Là ici, plus loin, telles des comètes superbes aux intelligibles éventails, décrétant les geysers des mondes à naître,
Les sphères à vivre dans les sortilèges, ces florilèges gravant, dans leurs effluves, des explorations impérieuses,
Cheminant les mornes plaines du désert, pour inscrire leur paysage, révélation de forteresses ouvertes à la munificence. »

Carène de fluviaux transbordements aux blasons étincelants, survenant sans naufrage les parturitions de l'aube,
L'enthousiasme issu de leurs essors, dans d'intelligibles rencontres aux états sans digressions, développant, arcanes,
Les Impulsifs achèvements de trémies d'ouvrages se prononçant, allant, d'ébauche en ébauche, vers le ravissement.

« Fête du vivant par les rues éclairées aux festives assonances, aux répercussions répétitives, pontifiant les offices,
De salles conviviales, gréement de tables sans oubli de liqueurs et de vivres où se garde la devise imminente qui passe,
S'ourdit, s'innove et se canalise, pour fixer par-delà tout trépas physique, le préambule de forces pionnières. »

Thaumaturgie d'alchimies dont les tempétueuses allégories enfantent des phases de brumes ou de luminosités,
Dissipant leurs nuageuses impressions pour embellir le seuil d'une conjugaison s'ouvrant sur la désinence,
D'investigations sans nombre parmi les nombres, sans le moindre abandon du don le plus remarquable qui soit.

« Préambule sans emblavures ni délétères défectuosités, ne masquant les venelles et les rus des fiers écrins,
De contrées ouvrées aux sarments de bois d'ébène, dont les branchages s'évertuent dans des sylves caverneuses de cieux prépondérants,
Où vogue la synchronicité, dans une conviviale ampleur, moite d'étoffes légères aux prismatiques efflorescences. »

Comblant les lagunes de stries offensives, insinuant les courants, et les hautes vagues à percevoir et nuptialiser,
Par des attachements ardents, de fauves aplombs, des engagements sereins, toute la vitalité de lais sans sursis,
Hâlant leurs apophtegmes sur les étincelants archipels d'un champ d'action, dans un lied éclairant toutes rives.

« Dessein de dédales en séracs, faunes postures d'entrelacements correspondant d'éclatantes armatures de villes culminantes,
Par l'acmé d'hélianthes blonds, visite de vaisseaux gréés aux usages armoriés dont les essaims questionnent,
Un lendemain, exondé de prodigalité, à surgir à l'hétérogénéité, par les rebelles incarnations d'un destin signifiant. »

Ornement d'un dogme dans le grenat des ères, dans les fluides arborescences des temps bruissant de sollicitudes,
Pour les mâtures triomphantes, les voiles gonflées de rêves, et les sapiences admirables guettant l'armoirie d'un songe,
Les attentions d'un miracle, les principes invariants d'une administration ne se démettant de ses devoirs et de ses droits naissants.

« Dans la fenaison laiteuse où l'histoire s'accouple avec les mystères les plus antiques, les correspondances,
Les plus transmissibles, les formidables errances, les accoutumances les plus élaborées, tous de promptitudes,
Par la moisson des terres engendrées émancipant une intronisation sur toutes pentes et éminences méditées. »

Vêture du cristal et de ses rayonnements célestes, de ses embrasements sans limites aux coralliennes vertus nuptiales,
Venue des sollicitudes qui insistent, ne s'éprennent, toujours corrigent l'ineffable pesanteur accumulée par les charges,
Dans le périgée dégageant leurs agrumes pour soutenir, novice, l'imaginaire dans son royal berceau assermenté.

« Prélude à la nacre de l'instant ne se figeant mais concourant aux ambres ainsi qu'aux effluences les plus distinguées,
Pour annoncer, dans une prestigieuse éloquence, les Thuriféraires ovations couronnées ne se prosternant mais se dressant,
Tels les étendards d'une chronique adulée dont les mérites se déploient par les aquilons sanctifiant toute sacralisation. »

Déité d'une aubaine de grâce éternisant un fleuve tranquille dont les avances impérieuses culminent l'élégance,
Le raffinement, dans un écho échéant le ruissellement de cataractes de joyaux des plus scintillants,
Jaillissement permettant de magnifier les chemins à féconder et iriser d'une empreinte habile et messagère.

« Course d'Univers et de leurs lustres, où les amazones claires ne se réfugient, mais dans leur fructueuse renommée,
Agissent leurs annales pour influer des décisions novatrices où ne se perdent ni la raison, ni l'invention,
Le culte ardent de leur mission ne se perdant dans les ravines de l'émoi, mais concordant toute navigation essentielle. »

Aux vastes promontoires précipitant sur le néant
des ponts d'onyx et de marbre, statufiant domaines
et règnes,
De rosaires emperlés à Midi où, novice promptitude,
vont des Coryphées témoigner de la vivacité et de la
grandeur
Qui, multiples, marchent dans la somptuosité de
mille soieries précieuses aux couronnements
vainqueurs.

« Des anses tardives et des luminosités florales, les
théories ébruitées où le solstice s'émeut, s'anime et
perdure un scintillement,
Pour d'une efficience puisatière élémenter des
périodes qui se tressent, en l'honneur d'un
apaisement,
Dans la voix qui énonce, et dont les doctrines
prolongent la route enivrée d'une stellaire
dimension. »

Où se conjoignent des barques d'opales, et leurs
livrées appropriées, témoignant de soleils invincibles
et distincts,
Délitant les rudesses arides dont les clairs-obscurs
par leurs torpeurs entraînent la pensée dans des
tréfonds orientés et acclamés,
Afin de la dégager de ces illusions en trompe-l'œil
qui affadissent tout devenir au profit d'un statisme
endeuillé.

« Aboutissement de tant de chutes dans les limbes ramifiés où l'antienne elle-même devient imprévisible,
Là, dans le sanctuaire des émanations prostituées à l'abîme, ne retrouvant son phrasé stupéfiant la conduisant,
Vers l'Absolu et ses majestés, ses coordonnées, ses arômes distillés, où toutes croisières s'érigent équipées. »

Conjonction d'aventure soucieuse de l'aurore et des densités du zénith, flétrie par les expressions de la nuit et de ses serviles engagements,
Sans impressions, sinon celles qui ternissent la vision de l'aigle, le rabaissent au plan de la poussière maculée,
Où se convie l'attitude aristocratique pour en défaire les tragédies confuses dont la perception est dérobée.

« Mucus des anciens berceaux des frénésies jetant dans la balance de la création leurs humeurs dans des lueurs mauvaises,
Des pressions impuissantes et des interférences subtiles dont le tout se défait pour en arborer les mièvres sentences,
Dans la culmination des œuvres, l'appropriation des fulgurations propulsant vers les voûtes une prière composée. »

Lien d'affects et de recueils, tisserand des heures aux formidables épopées, alimentant l'obligation de toute conquête,
Et des étoiles en quantité, et de leurs sœurs accouplées, et de leurs forces alliées, et de leurs transes animées,
Dont les ramifications fractales animent et sillonnent, portuaires, toutes visitations de la lumière éternelle.

« Dans des flux qui se répondent, se répandent, se définissent et s'enhardissent, dans une pluviosité granitée,
Concordant les plus admirables cités aux constructions achevées, aux passes émérites crénelées du boisseau de la Vie,
Parachevant leurs emprises dans de talismaniques essences où des effluves animent leur passant à l'immortalité. »

Conscience du rythme qui s'ébroue, se vivifie et s'harmonise par les genèses en veille, dans un assourdissant avertissement,
Délivré, comblé, déployé, marquant apothéose, chaque sillage de son jugement, aucunement dans la préciosité,
Accomplissant et ne contemplant, parce qu'au-delà de l'inénarrable, constituant le rang supérieur d'une évolution majeure.

« Enseignement des frontispices glorieux par les filiations sereines des âges, aux marges continentales assoiffées,
Désignant le conte des antiques serments, des olympes et de ces rets qui inondent le parvis des temples,
Tandis que, sevrage, se tient le lieu dans sa chevauchée de beauté où se joignent les Orphéons pour séduire le firmament. »

De colonnes tressées par l'Occident fabuleux, de sites émergés et de bastions nobles dont les fragments de disthène,
Fortifient l'intensité de paysages ombrageux, austères, ou talentueusement nantis de flores adamantines,
Au gré des vents hurleurs, des aquilons à mi-repos, la mouvance des odes coïncide l'apostolat de synchronies impériales.

« Mélopées d'ordres sans absence allant de coutumes en coutumes, d'usages en usages la conception de la Loi,
Profane en ses détours, ligue de large autorité en ses secrets, où s'en viennent les Sages d'un respire pour prescrire,
Bâtir et consteller les camaïeux aux coloris vifs de la puissance, témoins sans obscurité des événements générés et vaillants. »

Dans le miroir des cristaux, alluvions d'obsidienne rare, dans la semence des coraux, parures d'orichalques,
Dont les reflets s'accomplissent naissances, ballets de mystiques opérandes accomplissant les moissons du jour aux aptitudes,
Associant des propriétés épithéliales, les installations, délibérations et embellies d'inaltérée somptuosité.

« Magnificence ne s'évanouissant devant les palabres éthérés, mais visitant des finalités exhaustives de motif interprété,
Dessinant par les ouvrages gréés, postérieurement aux murmures équivoques, la croissance d'une circonstance sans affliction,
Relevant le défi de toute constitution pour en connaissance l'employer, décisive, dans un déploiement azuréen. »

Où l'iris approche, érige ses arcades, regard de l'Âme omnipotente des Êtres accomplis, œuvrant dans la multitude,
La promesse d'un élan fier et conquérant, le credo d'un lai bouillonnant les mucus des houles somptueuses,
Des Océans parcourus dont les turbulences n'atteignent sa tâche, inversement, en l'arguant, l'affermissent et la préservent.

« Phonème des siècles enfuis, des cycles dissous, des époques à venir, de ces résurgences cycliques aux ramures solsticiales,
Aux épanchements manifestés, aux concordances expérimentées et sûres, aux poudroiements accessibles et supérieurs,
Contrastant les mâtures des vaisseaux aux cargaisons inédites, à déceler, issues des féeries de votives préhensions. »

Humus de cales pleines où s'argentent les blés
mûrs, les calices d'or et les scintillants diamants en
draperies,
Les rubis aux constellations parfaites, et ces
gemmes de l'Ouest natif puisées dans le nectar des
pinacles subséquents aux précipices,
Dans les frondaisons même des chênes millénaires
aux gerbes pétillantes de complaintes de volatils aux
coloris gracieux.

« Sollicitations veinées de stylobates majestueuses,
où le lys, dans sa gravure, immobile, odore le
panorama florissant,
De sa dévotion naturelle, dégageant aux auspices
des bordures dantesques un souffle dont le germe
se ramifie,
S'éthérise et alimente le maintien des capacités par
les gravifiques agrégations sidérales, où se conserve
le royaume opérant. »

Ambre cil des aubes immaculées exultant dans une
parade symphonique les strophes armoriées d'un
thème conjugué,
Dont le Chœur et ses officiances primordiales en ses
combinaisons avisent la maturation baignant la
Voie universelle,
Sa masse, dans une exquise volonté conjugale,
agréant à une sérénité sans artifice, aux certitudes
acclamées.

« Vibration des sphères aux rattachements votifs,
aux arborescences ingénieuses, aux confrontations
mesurées et bienveillantes,
Où le cri de la Vie s'affirme dans une virtuosité
impérieuse et constante dont la sentence sanctifie
un équipage Olympien,
Par les étendues les plus surannées ou les plus
avides, les plus éblouies et les plus masquées par
les ondes. »

Mutation des échos emplissant les superficies les
plus tenues, les plus conscientes, de l'éphémère et
de la temporalité,
Devins d'une intronisation ébrouant les sanctuaires
pour ariser leurs bannières par toutes stances
assonantes de l'acmé,
Non de gloires casuelles, mais d'éclisses aux
turbulences ardentes adressant vers les nuées une
prière céleste.

« Tandis qu'en tresses d'écumes blondes se parent
l'horizon et ses convoyages somptueux, de fières
désinences,
Délivrant le discours de la moiteur d'une irradiation,
d'une prestance, d'une construction, tous accordés
par la vertu,
Par la grâce, et leurs sillons, enseignant par les
éclairs les cavalcades diaphanes d'énigmes
abreuvées. »

Des roseraies de l'Ouest, des jardins fécondés par la
tempérance, délaissant les balbutiantes narrations,
dont les estampes,
Subsistent des frises de secrètes témérités, où tant
de velléités se contraignent, de sapiences se taisent
et vont sans détermination,
Que les fruits d'hiver réalisent dans des
passementeries de discours sans réverbérations et
sans conséquences.

« Esquisses estompées par la foi vibrant ses
incantations par toutes chaussées efflorescentes du
prestige,
De l'éloquence, de la divinité, dont aucun fard
n'atteint les distinctions émérites, parce que sans
frivolités ni vanités égarées,
Dimension de ce tout unifié en ses abondantes
particularités, où l'Esprit novateur dispose et
propose. »

Postérieurement aux ivresses noctambules, aux
errances se décrétant sans vœux ni racines
s'imaginant munificences,
Toutes fonctions mouvantes s'ébruitant dans la
poussière inassouvie se languissant de leurs
miasmes pour mieux les résorber,
Dans le silence d'un écrin souhaitant leur réveil
pour les gouverner dans l'efficience, en deçà de
leurs littoraux ensommeillés.

« Attendu de la pluie messagère, le cœur palpitant
leurs renaissances liquéfiant les hydromels opiacés
de leurs désinvoltures,
Dont les relents s'épuisent, les sodalites se brisent,
les prieurés se ferment, pour faire place à la
radiation,
Des Univers éclos irisant de leur nitescence les
saphirs et les gemmes en éclats, aux réverbérations
inspirées. »

Dans une oscillation tumultueuse aux vêtures
nacrées, aux armatures étincelantes, initiant des
prairies et des frondaisons,
Des cataractes et des geysers, les saveurs d'une
avance impartiale par les orées les plus peuplées
comme les plus modestes,
Afin de les nantir de la parfaite résolution, celle,
sans failles, circonscrivant l'agir dans le dire pour le
déployer.

« Écume aux blondeurs safranées, aux forges de
l'astre bâtissant ses préceptes pour régenter la vitale
ascension de la genèse,
Sans masques par les éclatantes aurores, les
couchers de soleils inondant les biotopes de
diffractions précieuses,
Danses où se mènent les théurgies olympiennes
vers le sacre et ses enivrants parfums
symbiotiques. »

Iris des actes, devisant l'appareillage et ses
nombreuses empreintes, ses allées placides et ses
breuvages opalins,
Dont les feldspaths se servent pour parcourir les
tréfonds, les aviser et les améliorer dans l'ardeur
indicible,
Spéculation de zèles et de vigueur, opuscule de
requêtes et d'adjurations orientant le canevas de
vivre et d'essaimer.

« Où se visitent des empyrées certaines, des grands
champs de blé mûrs appelant les oiseaux-lyres à se
confondre,
De sève, de splendeur et de clarté, sur les chaumes
les plus humbles, les fortifications les plus denses,
les cités appariées,
Et les villes sans naufrages irradiant d'harmonie de
nuageuses synthèses, dans une épopée engendrée
mariale. »

Gravitation de clameurs entrelacées, de mots exclamés, de phrases concomitantes manœuvrant, adroites et sûres,
Les ferments d'un destin ne se brisant sur les rochers de la naïveté, de la faiblesse, de la vanité, de leurs corollaires,
Aux menstrues noyant les contes les plus beaux dans les abîmes d'une éternelle redevance envers le néant et ses sortilèges.

« Mesure à l'aune des équipées assolant les pentes abruptes pour ornementer le protectorat qui sied les promontoires à vif,
Sans différé des heures, des immensités, et des apparences, pour forger l'épée victorieuse sur les statismes révérés,
Les indécences profondes et les lichens où pourrissent les plus belles conceptions aux gestes les plus contestées. »

Tandis qu'en rimes indéniables se dressent vers le pinacle les sonorités puissantes des lourds tambours de bronze,
Annonçant par l'intelligible les valeurs et les Lois, les surgeons et les sceptres permettant de naître à l'idéal souverain,
Avivant de ses hymnes les agencements féconds consentant à tout Être de s'élever de sa condition pour s'embraser à la vitalité.

« Appel des phrases, frénésie de la propension et de la propagation des verbes, royaume des rescrits ne s'éplorant,
Mais fondant, dans une dextérité admirable, les piliers naviguant vers la demeure œuvrée le sens aiguisé,
Du sentiment se pliant à la raison ne s'obligeant mais assidûment conquiert pour affirmer une sentence immaculée. »

Où clémentes, des architectures aux embellies de jade et de grenat, de quartz diamantaire et de schiste limpide,
Gravent dans le roc les paroles votives, les sentences précises, les orientations magistrales, les oracles admirables,
Ratifiant la naissance, le sursis des périodes, la compréhension des espaces, l'intégration solennelle du vivant.

« Dans des chrysalides luxurieuses aux innocences instruisant de récitals atours par les myriades embrasées,
Forçant les élytres à l'humilité pour les voir rejoindre l'affine ovation créée, élevée, bâtie, correspondante,
Signifiant le parcours délivré, spontané désormais, domptant ses oriflammes pour commémorer le seuil d'une éternité. »

Prémices de nuptiale autorité où s'hypnotisent les
dorures en semis, les îlots de granit, et les franges
somptueuses,
De forêts de chênes millénaires, augustes majestés
dissipant les vols de Circaètes dans leurs ramilles
impérieuses composées,
Où le vent tendrement enlace les feuillages
mordorés et verts, d'un gracile entendement aux
féeries novices.

« Libre tutelle des floraisons d'été aux corolles
extasiées de lys sermons par les agraires inventions
éployées,
Animation de flores festives et colorées aux
poudroiements d'algues brunes et sauvages,
itinérantes randonnées,
Des faunes ataviques, par les ruissellements des
eaux vives annonçant les fêtes à midi, du zénith et
de ses draperies idylliques. »

Dans la consternation des cognitions, dévoilées,
désignées, et encensées par les prodiges des
parcelles parcourues,
De marges en franges dans la profusion des
sources, les émois des fleuves et la carnation
d'Océans gravifiques imposants,
Façonnant de noblesse les escarpements sans
frivolité de glèbes rafraîchies à singulariser,
assimiler et agencer.

« Où le zéphyr ne se perd mais se libère, dans un parterre de flores ardentes, témoignant d'effluves aux haleines propices,
Baumes de calices et de correspondances tumultueuses voguant les ceintures de feu des pâmoisons insatiables,
Dans ces présents dont les clairs-obscurs se répondent et se répandent pour désigner leur participe éloquent. »

Ce sujet de la conviction effleurée, momentanément édulcoré avant que de revenir pour parfaire à l'enseignement,
Où la floraison des airs se distille, native de l'efflorescence accédant, au-delà des adages contemplés,
Des vacuités ensorcelées, à la prescience de la devise de l'incarnation et de ses forces magnanimes et assurées. »

« Contemplation par les herbages pellucides, où le timonier barre les anciens soupçons pour mieux fertiliser la progression,
La prouesse, le raffinement, non seulement d'un vœu, mais d'un désir puissant de se renouveler au faste des écrins,
Par les étendues les plus fortifiées, les plus enviées, mais aussi les plus réconciliées, là, dans ce creuset natif évolué. »

Des Pléiades le nectar, où naviguent les densités les plus ravissantes aux achèvements dénouant du cristal,
Ses facettes, ses volumes constellés, ses artères maritimes et ses embruns portuaires répandant la brume odorante,
Sur les esplanades des cargaisons les plus fugaces, les plus tonales, les plus admirables et les plus téméraires.

« Dans la fusion des émotions et la sensation de leur palpitation, où l'épanchement affleure, s'anime et perdure,
Conjugaison de l'étreinte mutante développant ses arcanes aux azurs sans futilité pour en révéler la solsticiale appartenance,
Opérande initié, dessinant par les torrentueuses appréciations le fil d'Ariane dirigeant vers la beauté et ses orbes sibyllins. »

Ses présages aussi, ses intrigues en filigranes, ses conjectures sans distraction soulevant vers les voussures, où passent,
Entrelacés, un Aigle et une Colombe, les regards désignant par toutes effigies le futur qui doit se finaliser,
Dans la complémentaire quiétude, dans la salutaire détermination d'en comprendre les états, les ébats et les sanctuaires officiés.

II

Épithéliales conjonctions

Mânes de propriétés sublimes, sans égarement,
Œuvrant aux latitudes nouvelles le permanent,
Dans une constance magnifiée, ouvragée solaire
Dont le témoignage glorifie par-delà l'éphémère
La pure gravitation, ordonnée, travaillée, gréée,
Où s'en viennent les nefs de cristal, d'hyperborée
Les lagunes ancestrales, les vecteurs ataviques,
Et les forces appariant les sources antiques,
Promesses invitées à la Gloire et à la Victoire.

« Reconnaissance du commencement en ses abondances, ses alluvions, ses fleuves propageant des rêves de roseraies majestueuses,
Éclairées de sèves et de joies, de fortunes et de splendeurs sans équivoques, affrontant les berges de corail,
Les cimes enneigées, les déserts les plus torrides, pour déceler les attractions incomparables émerveillées. »

Aux âmes nées de lys constellations les promontoires vécus souverains, dans l'affirmation du Don sacral,
Voyant des éphémérides les formations des invitations novatrices, dans un éclair que ne sursoient les périodes diluviennes,
Mais où s'égrènent dans l'harmonie les actes étreints et sereins attrayant la pluralité des origines et des apogées.

« Levée des charges aux ruissellements votifs, scandées par les myriades inscrites sur les passementeries divisées,
Ourlées de frais propos et d'apophtegmes à l'engagement impérieux délimitant les sorts des règnes éveillés,
Atours des grenats aux fontaines adventices et aux calanques exquises dont la logique attend un charme contemplatif. »

Mystère de gardes et de veilles temporelles reflétées délibérant de faunes attitudes aux querelles fantastiques,
Aux phonèmes engendrés par des passions fougueuses, encore instables au-devant du dynamisme qui ne s'élague,
Invitant à l'épreuve de parousie, par les nombres sans quantième des féeries d'étoiles ensemencées et observées.

« Lumineux entendement des florales ascensions visitant les frimas et les opiacées sépulcrales pour en destituer,
Les clameurs endeuillées, les voussures impénétrables, les marécages enlisés, dans la poussière du vacant,
Dans l'imperfection de la turpitude d'une transmission agréant, sevrant, désirant, conjuguant, alimentant l'ignorance. »

Ver dans le fruit initiant son supplice sinueux et torve, sa route parsemée de mort sans honneur ni victoire,
Insinuant les portées royales et les chaumes les plus vulgaires pour les attraire dans la désolation et ses oripeaux morbides,
Ces salaisons de schistes broyés par la douleur, la jalousie, l'écume de la haine et ses folies diurnes et nocturnes.»

« Ivresse des pâmoisons aux relents fétides qui montent vers les multitudes tels des fumerolles incendiées et brimées,
Dont tout un chacun des Pléiades marque le défi, la pente, l'absence, de lieux indivis fortifiant la chute de l'élévation,
Où s'anime la bestialité, la barbarie, l'horreur, la litière d'un fumier où vagit ce qui semble ressembler à des êtres. »

Tels aux vastes flamboyances attendant leur écrin
pour se mobiliser dans la robustesse et renaître de
leurs cendres anémiées,
Délibérer par haute voix et forte navigation vers les
sommets et en aucun cas se parachever dans
l'abîme insouciant,
Dans cette fange profonde et noctambule hissant
inversement ses progrès dans la déraison et
l'anéantissement.

« Conjonction de manœuvres habiles des énergies
au zénith prospectant leurs nervures et leurs éclats
impossibles,
Pour trouver dans un solstice la volition d'un vœu et
l'instruction d'une contenance afin d'assister leur
péril et en défaire la rime,
Par toutes images du substrat qui ceint de
rayonnement l'Éternité d'une exigence solennelle
que rien ne doit détruire. »

Aube par les mélopées, coursières du Temps, plénipotentiaires des espaces intersidéraux où se complètent les multi-univers lucides,
Pour forcer l'armature du chaos à éclore la chrysalide de l'inaltérable persévérance, non dans l'inconstance,
Mais dans le pérenne chemin de l'enjouement et de ses vœux les plus exaltants aux garanties olympiennes estimables.

« Tandis qu'ivres les flores aux couleurs chatoyantes respirent le parfum de l'ambroisie et de ses fêtes élégantes,
Où se retrouvent les milliers d'incarnats pour annoncer la félicité d'une réalisation à fleurir dans la subdivision exonde,
Dans l'apparition féconde de la beauté et de ses sarments aux oliveraies ensoleillées, par toutes allégories nuptiales assumées. »

Un vent manifeste cet éclairage ne s'inclinant dans la cendre, mais promouvant son audace fière par l'illimité,
Pour en ceindre les héritages remarquables, s'en approcher pour assister la délivrance des marnes en deuil et sans salut,
Iriser en leur limon le signe opalin d'une faculté renouvelée ne s'estompant face au givre et à la neige effeuillée.

« Miroir des ondes déployées aux ramures
incertaines, figées et maltraitées par les sérails
bruissant,
Ceux qui espèrent et contemplent, jamais n'agissent
de peur de s'interpréter et se confronter à la
compacité suscitée,
De leur revendication, pouvant apparaître ici dans
la léthargie ou bien l'apothéose, témoignage de leur
accessoire désinence. »

Des lambris des instincts et des usages des fastes,
d'où proviennent, palpitations modestes mais
courageuses,
Les solennités pour composer ce mémoire se
détachant de l'atavisme pour non se nidifier, mais
s'unir au vivant,
Dans une farandole de remous et de houle,
participes d'une liberté conquise ruisselant ses eaux
ardentes.

« Par tous layons aux exhalaisons denses et aux
saveurs exquises, par tous visages s'interrogeant et
se multipliant,
Pour appréhender la parfaite définition de la genèse
dans ses tendances aux acclimatations les plus
remarquables,
Et ainsi faire résonner la tonalité de sa fragrance
par toutes venelles initiées, par toutes volontés
émérites gravées. »

Où l'ambre est pétale de l'onyx et de ses renommées
par les basiliques secrètes déversant une eau vive
de quiétude,
Retrouvant, puisatières, les arrêtés d'un séjour et
les contemplatives affirmations d'une heure écoulée
et obsolète,
Pour situer l'étrange adéquation qui sied aux
royaumes qui se lèvent devant le déclin et ses
épanchements.

« Témoins de modelage à accomplir sur les ténèbres
et leurs mascarades sans mesure aux délétères
affirmations stériles,
Aux marques prudentes courroucées et délitées
n'étant plus que désir avant que de s'éteindre dans
la fragmentation aurifique,
Dans l'onirisme le plus réducteur les conduisant
vers le vide et ses officiants improductifs et
vénéneux, gerbes ignominieuses. »

Que des sphères content dans la mansuétude leur
révélant un tourment les habitants, les auscultant
et les brisants,
Malmenant le moindre de leurs élans de lumière
pour le parfaire dans une agonie révélatrice d'un
dérèglement,
Où confèrent les Sages et les Mages pour y mener
les guerriers pour accentuer son évanescence et
disparaître sa cruauté.

« Principe aristocratique s'il en fut de plus réservé et
de plus téméraire, balayant les affluents pour les
ajuster dans de limpides,
Cristallisations, loin des agraires ombrages, des
aridités fortifiées, et des membrures de lianes
ovipares acclimatées,
Esquisses dont la stature ne s'invente mais se
partage, se fructifie, se développe, s'initie afin de
renaître à la Voie impériale. »

Dans l'accessoire certitude sertie de diaphanes
horizons où s'inventent non seulement des
promesses mais des prières,
Divines en leurs tenues, d'azur en leurs frissons,
d'amour en leurs mucus, d'hégémonie en leurs
symboles d'allégresse,
Charpentes des phonèmes en accords, des verbes
en rumeurs, des farandoles de chroniques
radieuses.

« Éclairs de la pensée sans naufrage, ne balbutiant
en présence des péremptions de la piété montrant
les escarpements,
Les densités écloses mais aussi les fibrilles
désespérées, châtiées de n'avoir su l'espérance
postérieurement aux métalloïdes,
Ces creusets galactiques où s'embourbent les plus
extraordinaires nefs ne dépassant leur temporalité
abritée. »

Surdité des ères enlisées voilant leur fertilité dans
les salines stupides où gouvernent la folie et le
drame associé,
D'une latitude où l'inertie officie le drame et la
jalousie de ne connaître la dimension et ses
Hespérides glorieuses,
Ses moments de lucidité concédant à tout un
chacun d'instruire intimement la parturition des
cosmos conscients.

« Essaims par les fresques tissées de noctambules
démences, de venins et d'arcades rouillées par des
gnoses assoiffées,
Confondant l'infinitésimal se voulant déification,
dans des prébendes chimériques et des lâchetés
abondantes telles des cataractes,
Charriant de fauves turpitudes et d'amères
déconvenues où se noient les plus belles dévotions
pour se sustenter. »

Errances aux madrigaux inventés pullulant les fiefs
étiolés, les terres ombragées, les arches incendiées
par la vacuité,
Dans des sens discordants où se tiennent la lie et
ses marques, ses travaux bâtis sur des
suppositions,
Des accroire et des danses factices éprouvant le
corps, l'âme et l'esprit, dans des lacs de brumes
épistolaires.

« Perception ne se dressant appétence, mais
désignant déshonoré et insipide l'attrait des
escarbilles éconduites,
Des frivolités absconses dont les gruaux se tressent
sans interruption pour arborer le déguisement d'une
étrange condition circonstanciée,
Disparaissant sous les flots d'une renaissance
pressant ses levains à la germination et à la
moisson salutaires. »

Où l'onde en phase ramifie sur ses ailes la
prescience des actes dans l'invocation de leurs
intensités gréées,
Par-delà les continuums brutalisés, les agrégations
intersidérales aux nébulosités dantesques et
cadavériques,
Les fronts miasmatiques dont les auditoires
personnifient une offense à la pensée ainsi qu'à
l'Imaginal les plus sublimés.

« Distinguant des vocables, venus des Îles antiques
aux écheveaux de gloire surannée, dresser des
oriflammes subordonnées,
Irisant par les firmaments des baumes auquel le
cœur immaculé aspire, tant d'embruns et de
tempêtes,
Les poses sablières à disjoindre de leurs rudiments
pour ouvrir un accès parmi leurs vestiges et leurs
sanctuaires éprouvés. »

Lucidité sans limite exposant ses assurances, ses
doutes, ses compréhensions, ses interrogations, ses
réflexions,
Toutes apparitions par les fenaisons des
dénouements qui résolvent les méprises, les
égarements,
Les adages des dyades de la pluie où la brise
lentement se désunit avant de tarir dans les halos
d'une bruine engendrée.

« Correspondance des âges aux métaux fulgurant de
lagunes lactescentes, scintillant les reliefs argentés
et aurifiés,
De parterres imaginés couronnements, par les
infortunes gravitant leurs venelles d''acier et de
bronze,
Sans en comprendre le vœu, la nature énigmatique,
ceux de répondre par la défense à l'humiliation et
non l'inverse proposition. »

Antinomie répétitive par les astres enlisés de
désastre, ici, là, où spectacle il s'aborde dans des
mers hier somptueuses,
Dorénavant éreintées et épuisées par les ardeurs
inconséquentes de navires aux sillages éventés et
éprouvés,
Las de leurs révolutions de moisson déposant son
poison par toutes contenances accueillant leurs
voiles amères et condescendantes.

« Où la vertu ne se dispose ni même assemble, mais obstinément sans agrément s'estompe pour laisser place à la nuit,
Ses passementeries de rêves qui n'apparaissent dominance, ses élémentaires gravures infidèles corrompant toute sève,
Afin de l'unir à la glèbe souillée par les commisérations les plus viles, les plus voraces et les plus sourdes. »

Toutes illustrations lamentables et corrompues soulevant leurs pavois voulus en liesse, chiffons de malheur déteignant un soi-disant honneur,
Celui de la sous convenance de l'existence, dans l'éventail négociant son servage, par tous lieux, par toutes prairies,
Par toutes forêts, toutes futaies, par toutes crêtes et tous avens, pour s'épanouir et en cela se croire ascension.

« Pauvre opinion, mue par les ténèbres, s'orientant dans le refrain de la veulerie, de la paresse, dans une allitération congénitale,
Précieuse, et ridicule, se contemplant et s'affichant comme le symbole le plus disgracieux de la Création,
Afin d'attirer à elle toute la ruine prédatrice de l'inintelligence, de la fourberie, de la servilité et de la bassesse. »

Mouroir des globes, pitoyable déshérence culminant sur certaines terres la méprisable affection des obstacles,
Avisant en leur sein des gnomes errants aux chairs ventripotentes suant la vermine, souillant la dignité pour exposer,
Leur méprisable audience bâtie sur le sang et la sueur de toute postérité, sur la mise en esclavage des êtres et de leurs tonicités.

« Des périphéries les enseignements par les marges
stellaires estampillant certains Univers dans les
fosses communes de l'oubli,
Où la complainte se presse pour désorienter les
miasmes et les barbares officiants, ces dénatures
d'araignes sauvageries,
Se coagulant dans le marais putride de leurs essors
et de leurs ramées pestiférées, suintants la mort et
ses dérélictions. »

Murmure par le souffle où se précise l'orientation,
se coordonne la fougue, s'officie la splendeur
concédant de destituer,
Ces ouvrages futiles devant retourner au néant afin
de distinguer la Vie en majesté se relever pour
s'offrir à la vibration universelle,
Celle de l'élévation et non de l'égarement, de la
maturation et non de la désintégration,
subséquemment et pour l'éternité.

« Fraîche éloquence des vœux qui s'étreignent et instaurent la viduité par toutes représentations des corrélations ambitieuses,
Non l'ambition des termes, mais celle de la naissance et de la concrétisation des règnes, à leur secret écrin,
Marchant vers le triomphe et non le déclin, par les routes pétries ne se figeant dans les limons hâtifs et prostrés. »

Clameur de concepts aux conjurations sacrales devisées ourlant de leurs frais propos les cités essaimées,
Aux demeures inscrites et témoignées, ports des chaumes les plus humbles ou des palais les plus somptueux,
Dans un éclair où la volition découvre, et dans la célérité d'une seconde de grâce, agence toute formalisation.

« Déroutant l'absence et ses villégiatures stériles aux mornes silences dont les emphases aux notoriétés proscrites,
Enlèvent par les chemins les semis de croissance pour les éprouver dans le vide et ses considérations avides,
Combattues avec une assiduité exemplaire, pour en taire le levain et les formalités confinant vers l'absurde. »

Des liserés en parcours les effeuillements nocturnes
et diurnes aux ornementations somptuaires
décimant les outrages,
Les perversités, et l'extrême médiocrité dont la
pâleur morbide est accoutumance chez les fins de
races débiles et cupides,
Toutes effigies sans prestige ne subsistant que dans
l'inconfort et l'insécurité de leurs rentes percluses
de fatales errances.

« Ces avanies des périodes qui frappent à la porte
des rayons moribonds où se possèdent à genoux des
ombres simiesques,
Acceptant de se croire la capacité alors qu'elles en
sont l'inverse dans une fétidité accomplissant leur
propre destruction,
Tant sa prescription se dérive en leurs regards
amorphes et belliqueux, étrangers à toutes réalités
parce que fondés sur la virtualité. »

Cette tare se multipliant lorsque le concert
s'envenime et s'affecte acropole de la bêtise et de
l'humiliation,
Dans les racines de l'inconscience, où gémit le
forfait se faisant accroire victime, bellâtre insouciant
de tout devenir,
Se confinant dans le paraître sans la plus
minuscule notion de l'Être, en croyant de la sorte
advenir une quelconque créativité.

« Incommensurable désertion de l'Esprit, inévitable
omission de l'Âme, défiguration globale du Corps,
dont les difformités,
Les unes fractales, les autres successibles,
entonnent leur sérénade de déshérence dans une
acropole de litanies votives,
Refluées par le généré s'opposant à leur dérision,
leur convenance, leur délire superfétatoire
encouragé et accentué. »

Où le discours se tait, où la caution renaît,
inépuisable en sa grandeur, son panthéon, et sa
saine dévotion exaltée,
Pour détruire les remparts s'exerçant à annihiler sa
postérité, s'inscrire en faux des ambitions de la
démesure acclimatée,
Par les troupiers et les félons armés ou non
exhalant la puanteur de leurs idiomes, de leurs
idéologies, de leurs mystifications épiques.

« Ainsi aux marches évacuant les nuées pour jaillir
à l'Olympe, démarquant en ses marbres les périples
hérités,
Sereins, dégagés, et initiés dont chaque Être est
reconnaissance, évaluation, narration, conquête et
maîtrise,
Par-delà les dolines de la corruption où s'éternisent
les facultés de la barbarie et de leurs nécroses
orientées et acclamées. »

Prélude par les inspirations azuréennes des constellations délivrées du fardeau de la vanité et de la vacuité,
Envoûtement lié et majestueux aux oscillations de cristal s'élevant vers la divinité et son accueil en toute humilité,
Témoin de la prescription de la beauté immergeant toutes métaphores dans son champ d'action irréversible et conjugué.»

« Où se conjoignent les infinitudes, les armées souveraines, les peuples conquérants, au-delà des outrages,
Instruisant la pérennité dans le creuset des époques de granit où se plient à la volonté de l'éphémère des opacités formidables,
Nées de l'appropriation du dynamisme par les bas-fonds putrides et leurs cohortes venimeuses et maladives. »

Ivoire de l'intempérance des gruaux amoncelés bouleversant les paysages les plus denses pour y œuvrer la destruction,
Tel un baume pour leurs surgeons décorés de la croyance en une quelconque déité, macérant dans le prisme de convenance,
Éclairant les écumes de leurs exactions de souffrance et de sang, de larmes et d'humiliations, dans une tragique indifférence.

« Confession par les cycles dépossédés qui soignent
leur blessure aux abris des endurances cosmiques
les auditionnant,
Les rétablissant de l'infortune et de la convoitise des
créatures atrophiées les ayant mutilés pour le
service de leur réputation factice,
De leur strass, de leur richesse injustifiée, de leurs
sentiments asséchés, de leurs caractères déviants,
de leurs essences inexistantes. »

Composition de toutes méprises de la singularité
s'évidant au soleil tel l'araigne animal dans les
sables brûlants,
Ne discernant là plus un seul but pour poursuivre
sa piste sinon par répons de son indivise prostration
à une agonie dérivée,
Éprise de ses sillons, de ses lugubres dérélictions,
de ses dénuements aux crimes les plus abjects et
sordides.

« Oligarchie en putréfaction, parure de la
domesticité d'un préjugé déniant l'initiative, jamais
n'apparaissant,
Car, guerroyant, constamment il s'élève en rempart
contre la putridité, et dans sa somptuosité trépasse
le trépas lui-même,
Cette grossière insolence, mendiante de sa
componction, se livrant à la conjuration des ego
dans l'avanie. »

Dans une mystique recelant là en son inversion les
relents des égouts pour symbolique, la dépravation
pour autel,
L'ossuaire corrompu de sa trivialité pour bas-fonds
et acceptation, menant à la nécrose de l'instant, la
perte de repères,
Par dissociation cognitive, dans la confusion et
l'égarement voulant s'ériger, par la violence en
principe sur la faiblesse traquée

« Une faiblesse saturée, nectar de cette engeance, de
ce prurit de la bestialité et de ses incantations aux
incarnations,
Dont l'atavisme encourage à la dérision de toute
altitude, au profit de la bassesse, de l'ignominie, de
la dévastation,
Nervures de la définition de toute perte de
résonance par les régions embaumées, aux détails
exploités et anémiés. »

Désinence où le Chœur s'apprête afin d'en défaire
les injonctions, les dysharmonies, les demeures
ignobles et sanglantes,
Dans une union magistrale, déployant ses ailes
symboliques pour pourfendre l'indivise prétention
de sa caste médiocre,
Se décrétant valeur, se rêvant arborisation,
consomption par outrage invitant au mépris le plus
signifiant.

« Où le vol des Aigles s'affine, s'unit et enlace les vastes pacages, les ténébreuses forêts, les cimes et les abīmes,
Pour irradier de ses effervescences les fulgurances animées, leur permettre d'agir dans une foi inébranlable,
Afin de destituer les anathèmes, les altérations refoulées et leurs effluves, et leurs relents gangrenés et solidaires. »

Orbes de talismaniques mérites propices chevauchant par les points cardinaux des sols pourrissants dans l'atrophie,
Pour les iriser de ce parfum de la jubilation guérissant de la tristesse le sourire des enfants, la voix ordinaire d'affluences dégradées,
Découvrant, avec égard, la vigueur de se retourner contre le venin et ses féaux, leurs larves téméraires imbues et satisfaites.

« Dans des ébauches étonnantes, entraînant l'effluence sans mystère, percevant l'affront et ses monèmes les plus curieux et dévots,
Ces cataplasmes fondant l'arbitraire pour renouveler l'esclavagisme et ses conjonctures barbares et sanguinolentes,
Rives imparfaites de détails s'armoriant dans l'obscénité et ses conclusions les plus douteuses ou les plus fâcheuses. »

Vague profonde des lascives recommandations se perdant dans la nidification de la matière informe, de l'énergie tronquée
De la poussière difforme, de la brutalité la plus triviale et la plus anachronique déversant ses fleuves de parjures,
D'injures et de sadisme par toutes figures ignorantes se livrant à leurs sérails éclairés par leur ombre dantesque.

« Où s'épuisent, l'hypocrisie et ses citadelles, l'obséquiosité et ses remparts, l'imposture et son absolutisme,
Dans un sifflement de verges s'abattant sur les Êtres en moisissure, assidus et indéfinis dans la lâcheté,
Trouvant leurs fondamentaux dans l'exclusive interprétation de la substance et de ses conséquences ultimes. »

Atermoiement d'un doute seulement dans le dénuement broyant les fastes et augurant toutes finalités accablées,
Levée d'une oriflamme saillant cette indécente défaillance ne tardant à venir par les dispositions éveillées,
Enjoignant l'opinion à recouvrer les accentuations de la Liberté et de ses perspectives, berceaux des responsabilités et droits immémoriaux.

« De contemplatives essences le résultat d'une quintessence s'élançant, dans la rectitude vers la fierté et ses effusions,
Dans une chevauchée dont la rectitude déploie ses étendards, par un désintéressement naturel ouvrant sur toute densité éclose,
Épanouissement des concentrations et salvation des romances ne s'abaissant dans la lie et ses ornementations. »

Prémisses dans le renoncement des crépuscules
désenchantés, des glèbes flagellées, des crépuscules
entachés de brume,
Irriguant sans naufrage la nuptialité d'une
appartenance à la Vie, en la Vie et par la Vie,
témoignant toute sagacité,
Tout apprentissage nécessaire à sa renaissance, son
déploiement, dans un éclaircissement veillant à
l'accomplissement.

« Conjecture par la pluralité cosmique saillant
l'éternité, dans des ondes pulsant la maturation la
plus vivace,
Celle de l'intelligence accrue dessinant par les
temporalités le dessein de l'Ordre et de sa
pondération initiée pérenne,
Devisant par les empressements, les familières
conditions avenant la renommée et ses existences
magnifiées. »

Écrins par les firmaments à engendrer, persévérer et
conjuguer, par les glaises arides et stériles, et plus
encore,
Étreintes par le feu et par l'indécence de survies
inachevées se contemplant dans le miroir des limbes
et de leurs rognures,
Où manœuvre un tourbillon amer, décrépi et
maladif orientant ses accessions dans l'intemporel
ou dans le virtuel.

« Strates grégaires et omnipotentes de luxures, sans
altérité, sans évolution, dont les circonvolutions
voguent indéfinies,
Vers les précipices les plus lamentés, les plus
épanchés, les plus malmenés, tant de critères leur
abattement,
Où l'occultation fonde ses lamentations dans des
pupilles torves et aveugles, menstrues de guerres
fratricides et inutiles. »

Réputation des algues adverses aux défis
omnipotents véhiculant le flux du déclin en leurs
ramifications collaborées,
Dans le ciel témoin, fortifications des armes de la
terreur de l'impotence la plus cruelle et la plus
déshonorée,
Surprenant les conflits situer leur présent dans
l'hyménée de geysers de désintégration aux
confluents contagieux.

« Où la source ne persiste, s'éploie et se déploie, se ramifie pour en désintégrer les fibrilles sauvages et désuètes,
Narcissiques et opiacées, s'exhaussant dans des relents cauchemardesques défiant l'imaginaire et l'intelligible,
Malgré le grain contraire, dans une luminescence aux dérivations incontrôlées par tous les bâtis des limons. »

Ensemençant leur chiendent par les chemins sombres et les agonies prolifiques aux moissons austères et fatales,
Pour le fruit ne disparaissant dans le listel de l'élévation mais dans le cœur de leur torpeur accentuant toute dérision,
Aliénant toute complaisante dérive des doctrines brimées et égarées dont les ovations sont appréciation de toute décadence.

« Circonscrite par les champs d'action en œuvre jusqu'aux moindres terminaisons de leurs miasmes endeuillés,
Constamment dans le cadre d'un contrôle permettant aux ilotes de prendre en charge leur destin,
Celui de l'éclat ou du crépuscule, de l'aube ou de la nuit, et de leurs méandres parfois sinueux et délétères. »

Acuité voguant vers la surconscience, ses splendeurs, ses vives proclamations aux fluctuations ivoirines,
Initiant le pas chargé de la fluidité et ses résonances parfaites stimulant l'honnêteté et la grâce de la valeur intime,
D'être et ne plus paraître pour officier l'hymne d'une suprématie limpide sur les contradictions dernières.

« Ces épanchements sans lendemain devant l'investigation de la Voie monumentale développant ses arcanes,
Pour ouvrager par-delà les bruitages fastidieux, des silences et leurs méfaits, le ravissement dans ses atours princiers,
Dans la tonicité et la tempérance, dans l'allégresse et la sagesse, dans la bienveillance de la bonté individuée et générée. »

Haut ressac par les éperons rocheux où s'engagent les Circaètes glorieux, promesse d'une pluviosité effeuillée,
Effleurant de leurs ailes les lices mystérieuses des castels fermés afin de les ouvrir à la prolixe persévérance,
À cette exaltante caution de la providence dans ses serments et ses fêtes, ses éclairs en amont et ses avals de joies.

« Prélude des émanations nées au-delà des rebuts et
de leurs fronts torrentiels pressant de leurs aires
vers le gouffre,
Les multitudes dans l'ignorance et ses catégories
d'asservissement les plus dérisoires et les plus
contraints,
Fermant les essaims à leur espérance, leur
conception, et leur harmonie vitale, ne pouvant en
leur lieu se révéler. »

Autrement qu'à l'once de l'érudition dispersée, de la
connaissance maîtrisée, ne se mêlant aux artifices
et leurs contraintes brutes,
Se répandant sans modération par les pluies de la
sacralisation, pour la berner, la contrôler et la
draper dans les habits sinistres,
De la perversité, de l'adulation à la prosternation et
ses feuillées où se noient les plus belles dispositions
en dissociation.

« Bourbe commune des emplacements sans répons
où le soupir d'un songe lui-même ne se commet tant
de lèpre la psyché de ses levains,
Grisés par la fourberie, la traîtrise, l'ineffable
vacuité et la croyance insipide de se prétendre
biologie immortelle,
Danse de faune latitude dont les horizons
croupissent dans les mares fétides de l'incroyable
« je » statufié et déifié. »

Où la médiocrité s'anime dans ses agonies et ses
stérilités les plus ignobles, se jugeant la beauté et le
futur,
Là où elle fructifie la laideur et ses satisfactions
saumâtres et puantes isolant chaque Être de ses
semblables et inversement,
Pour exprimer leur servitude dans un cloaque
bestial suintant la boue et les fondements de toutes
stratifications.

« Identification par l'Esprit, le Corps, l'Âme, tous en
Unité, déterminant les faiblesses de ce respire pour
l'écarter,
Et de la demeure, et de ses règles, et de l'avenir et
de ses autorités, pour anéantir ses pulsations
gravifiques morbides,
Extériorisant en chaque physionomie leur atavisme
grossier et imparfait menant par un calvaire
approprié toute formalité à sa ruine. »

Liminaire des âges féconds se dressant contre cette
incapacité autofécondée se régulant dans l'idiotie et
son adoration,
Une erreur comportementale intimant la création
elle-même à se retirer de son impermanence pour la
délaisser à la souillure,
Son expression, sa fange, aux circonstances
dramatiques pour les Êtres respirant ses
accaparements et ses infortunes.

« Procédé sans secret de la Loi souveraine ne
basculant dans le vide et ses tumultes, dans la lie et
ses concaténations,
Broyant inlassablement ces ordures dans les
décombres pour alléger les aires des altérations
venant de leurs flatulences provocantes,
Tentant de rompre l'équilibre homogène des
domaines, leur indice de volonté hissant leur
envergure au sommet. »

Ténèbres aux léthargies définies, rompues par le cil
de la qualité et de ses déterminations inépuisables
retrouvant,
Une vision dont la virginité permet de désigner
l'opprobre par toutes les litanies et suppliques
ensommeillées,
Se contemplant dans un narcissisme belliqueux et
assoiffé, n'ayant de traîne que la bestialité et ses
dysfonctions.

« Noirceurs sans commune mesure s'étouffant dans
ses propres abjections, dès lors mise à la vue de
toutes et de tous,
Par la formalisation exposant leurs étreintes
dégénérées se voulant gouvernances de tout état des
biotopes par les cycles déchus,
Inexorablement, lentement mais sûrement avançant
dans leurs fresques nauséeuses pour en éradiquer
les tyrannies. »

III

Dessein des orbes

Où l'onde en miroir ne se brise sur les téguments
Des terres propitiatoires, confinées au firmament,
Devises de la source comme de son rayonnement,
Libérant des fractales convoitises sans serments.
Épure fidèle des fleuves exprimés aux arborescences
Canalisant de fluides vertus, éponymes des sens
Advenus, conjuguant leurs efforts d'une instance
Avisée et céleste, prononçant toute croissance,
Acclimatée, enseignée, régie par toutes puissances.

Où l'orbe est semence noctambule, généralement se
dessine dans la noirceur même de l'ombre un éclat
de lumière ordonné,
Vivace et conscient, arbitrant le retour de la clarté
par toutes atmosphères malmenées, endeuillées et
prostrées,
Où l'hymne infiniment dans sa glorification
s'annonce et se perpétue malgré les conventions et
leurs déterminations.

« Ainsi dans la retenue des souffles allant et venant
les occurrences des ambroisies infidèles et des côtes
anémiées,
Teneurs de hauts faits par les algues en séjour ne se
décelant mouroir des déperditions et de leurs
contenances,
Afin d'éclore par l'âpreté animée les éléments
saillissant les lendemains à attester dans la fertilité
amène. »

Conjonction des dramaturgies ébauchées, ciselées,
dont les facondes s'ébrouent et se sursoient par les
terres renouvelées,
D'un respire les incantations fulgurant la semence
de l'ivoire et de ses prismes captivés où se glissent
des sentences,
De performance délaissant les gloires pressées et
achevées ne servant que de paraître là où l'Être
œuvre à sa réalisation.

« Des cimes les souverainetés parlant des énigmes
granitées et de leurs développements par les
étreintes du feu,
Par les titanesques effluves des guerres lovées et
sériées, dont le symptôme n'égare l'ardeur
convoitée,
Adulation des principes de la libération de
l'esclavagisme et de ses scories, ces féaux
tumultueux de la discordance. »

Témoignage bâti et propulsé par une navigation
majestueuse s'ajustant sans complaintes aux
arcanes immaculés,
Aux strophes efficientes, aux alternances
correspondantes, délivrées des brumes vivipares
émoussées,
Des métaphores marbrant de leurs éclats les
statismes pompeux de leurs ourlets sans
caractéristiques novatrices.

« Toutes sentes dans la Voie évaluant les situations
et leurs niveaux, leurs intensités et leurs faiblesses,
leurs vaillances accouplées,
Pour en délibérer les fardeaux et les disgrâces, les
abandons et les corrélatives digressions percevant
leurs dysfonctions,
Pour amener dans l'éventail de la pluralité la
distinction à officier, la grandeur à signifier,
l'honneur à orienter. »

Dans un grand vent de flores adventices dont les
parfums grisent les forêts les plus profondes ou les
déserts égayés,
Par la volonté superbe du devenir ne se choyant ni
ne se brisant, mais se fortifiant dans une avance
intrépide et superbe,
Par les paysages les plus lointains, aux fins
d'accomplir la réverbération de toutes maturations
initiées.

« Des idiomes par les sites parcourus, accueillant l'ouvrage incarné ne se dissipant dans l'ovation et la plénitude,
Mais ambitionnant par le manifesté l'éclair de la pluviosité seyant à la parure cristalline et ses expansions,
Les unes naturelles, les autres empiriques, les dernières gravitant sinon la perfection la randonnée du perfectible avisé. »

Constances par les prémisses des routes communes irradiant les paysages les plus clairs et les plus zénithaux,
Ici, là, sans absence du couronnement dont le corollaire assiste l'appropriation par la compréhension,
De tout faste en toute viduité dans une permanence oblitérant le doute, l'incapacité et leurs suffrages imprudents.

« Des citadelles les accueils bienveillants, par les
Peuples sans mépris de la fulgurance et de ses
accommodations sans nombre,
En saisissant les traits par les empyrées, par les
étoiles innervées dans une opération de saturation
des maux et de leurs vœux,
Annonçant par les glèbes fécondes les lys
épanchements ployant l'ingrate possession et ses
Orphéons atrophiés. »

Une lie dont l'écume s'éploie et se déploie dans les
racines de croyances stériles, où se vouent le
méprisable et ses extases,
Une perversité gréée par le fer de lance de tyrannies
obviées éreintant le sort pour l'obliger à rendre grâce
face à leurs oppressions,
Aux particularités abstraites ou virtuelles,
régulièrement réputées déclin des plus belles
aventures et de leurs émanations.

« Contrariées par les ruissellements de l'essor
pressant ses appels par toutes estampes
envenimées afin d'en extraire le sel,
La pulsion majeure dont la coordination permet
d'évacuer les remugles hideux et les vacations
malhabiles,
Ces ruptures de la réalité se propulsant dans
l'immensité pour accroire leur fermentation
désignation de l'avenir. »

Où se pressent la médiocrité, le mensonge, leurs
avanies, leurs formidables apparences désavouées
par la moindre élection,
Le suffrage leur accordant, tant la vacuité de
l'ignorance sa propriété, les potentialités excluant
une sublimité,
S'abaissant dans le marais putride de la fange pour
isoler tout espoir de survie, toute velléité de révolte
consciente.

« Marche de royaumes inverses foudroyés par les
sépales et les pétales des arches d'alliances s'élevant
sur leurs sols affairés,
Laminant la paralysie pour leur faire connaître non
pas l'espérance mais la nativité d'une notoriété
conséquente,
Par le dépassement des anciens outrages, par la
rectitude immolant leurs chimères contraintes et
leurs turpitudes oiseuses. »

De l'individué le fer de lance du généré et
inversement, restituant la primauté au langage de
l'harmonie,
Reconnaissable en toute rémanence se sanctifiant
ignorant les augures ainsi que les prêtrises
insouciantes,
Dans ce seuil de l'Unité révélant les accords parfaits
et les désunions favorables à leur défection aux
quantièmes ajourés.

« Vaste préambule dont le territoire s'établit dans le
lieu et le lien même de l'Être, dans une énergie
sublimant ses effets,
Ses corrélations induites, ses associations
éprouvées, ses péremptions gravifiques sereines,
lorsqu'elles sont sujets de merveilles,
Et non infortunes de victoires surannées sur de
piètres vétilles s'appuyant sur leurs ornements pour
ne pas se déséquilibrer. »

Voussures de l'orgueil et de la temporalité abattue,
se sollicitant dans le mystère des ondes mièvres
pour exister,
Reflet de rimes répétitives dont les lignes de fuite
s'accomplissent crispations brusquant des remparts
aux ruptures éconduites,
S'absolvant dans l'obscurité et ses brouillards, ses
soporifiques torpeurs, ses falsifications méthodiques
du réel au profit du virtuel.

« Rejeté, car mystification, désigné, déversement
d'impéritie liquéfiée, car synonyme de désagrégation
de toute vitalité bénéfique,
Par les myriades dressant leurs oriflammes sous la
nue pour porter la palpitation de leur cœur libéré et
fraternel,
Vers les dômes transcendant son apparition dans
une onde éclairée parcourant les multidimensions
pour en discerner la pérennité. »

Où les allées s'abreuvent dans l'euphorie gracieuse
se perpétuant sur la perspective limpide, recueil de
fraîche haleine,
Développant ses fortifications olympiennes, dans un
tumulte d'azur retrouvant la symphonie
architecturale,
Du dire et de l'agir en leurs promesses étincelantes,
rayonnant de pastels insignes destituant la
sauvagerie.

« Haute vague par les mésalliances des contrées
oblitérées, saillants les noirceurs d'un naufrage, ou
d'une agonie,
Toutes envergures de dynasties hâtives et
braillardes prépondérant leurs incertitudes dans
une ultime parousie,
Nectar éthylique dont les facondes, lors devenues
des anathèmes envenimés, sont de glauques
dérisions affines. »

S'exténuant aux fauves atmosphères de corruptions
votives, marbres lézardés d'aigreurs maritimes,
dont, chronique,
La puanteur révèle les passages, les ruisselets,
affleurant la nitescence impassible des rangs du
renouveau,
Égarant leur brutalité et leur animalité dans les
tréfonds des impasses les plus décimées, là où le
miroir est implacable.

« Reflet de l'anéantissement se mesurant à l'aune
des gestes les plus impitoyables pour le marécage et
ses errances,
Revitalisant l'intellection des effluences égarées
dans le suintement et le débordement des
marasmes conditionnés dénaturant les olympes,
Ici, dans l'ambre des semis, moisissures aux
épicentres délavés de frissons et de ruines aux
marges saturées. »

Se réveillant dans l'initiative interprétée mesurant le
défi de naître et non de paraître, d'assumer la
prédestination et non la mortifier,
Dans un Chœur palpitant la beauté des
quintessences, dans une allégresse fourvoyant les
atmosphères sombres et leurs féaux,
Ces sbires ignominieux emprisonnés et enchaînés
dans leurs turpitudes et leurs poisons les désignant
insipides.

« Pâleurs de l'insignifiant et de ses officiances
dévoilées par l'attrait de l'incommensurable situant
ici les calvaires de leurs sols,
Les opiacées les plus ténébreuses et les plus
effroyables, propos éprouvés menant à l'abstraction
la plus totale,
Déversant ses oripeaux jusqu'aux mémoires les plus
perçantes pour les éblouir d'un chaos perçu tel une
finalité déterminée. »

Alors que se dresse par la nue l'essence même de
l'assujettissement de leurs cendres conjuguées, par
le songe inaltéré,
Dessein talismanique jaillissant d'eaux intenses les
passages de la conquête pour les concaténer
officiants,
Du libre parcours des féeries allusives, des
enfantements solsticiaux avenants l'expression de
toute intégrité.

« Culmination des fermetés en leurs hiérarchies,
dessinant le prisme magnanime fécondant l'avenir
dans une ramification globale,
Instaurant ses félicités, ses devises, ses constantes,
là où figées, s'instaurent les retranchements
charmés d'illusions,
Ces mantisses échevelées présentant pour tout
décor la désunion, l'inquiétude, la peur et la terreur,
pour histoire. »

Déroutes aux prudentes perspicacités, aux
allégories mobiles, scrutant leur pacotille, brouet de
strass chaotique,
Où l'ouragan se presse pour en disloquer les
adages, les prescriptions, les lois arbitraires aux
fondations nuisibles et fermées,
Artefacts de pluralités distinctes s'éprouvant
semblablement dans des distorsions énergétiques
profanes et farouches.

« Où le Verbe défait les théories et les conceptualisations sans foyers, les nuées aux fragrances incertaines, les rives déracinées,
Pour redorer le parvis des stances mélodieuses, leur amener le talent de germer les danses exhaustives et partagées,
Ruisselant d'eaux vives les fronts angéliques abjurant l'égarement pour éclore à la maturité de l'évolution. »

Enflammant la perception des annales talentueuses estompant les lagunes de leurs ombres et de leurs velléités,
Ces édifications ingrates où le respire ne peut ni éclore ni survivre, ni même arbitrer la splendeur sans la fourvoyer,
Car de l'irréflexion du discernement les formes agencées respirant leurs effluves bâtis sur la virtualité et ses aéropages obviés.

« Cristallisation des saisons par les fenaisons des jours et des nuits où se destinent des épanchements joyeux,
Leur clarification incandescente déliant dans l'orée natale une seconde de tressaillement dans une heure d'efflorescence,
D'un temps gardien, souriant à l'entreprise et ses correspondances par le jeu d'actions célébrées et splendides. »

Toutes jubilatoires de ses aspirations, ses incantations, son aristocrate détermination, dans une vêture sacrée,
Manifestant la gageure d'être et d'essaimer par les abrogations, dans une abnégation solidaire et ordonnée,
Conversant la stature de l'ordre où l'imaginal accueille les simulations d'allégations généreuses pour fonder l'épopée transcendée.

« Lac de mûre appropriation aux turbulences blondes et cendrées où nagent des sirènes gracieuses et accomplies,
Glissant l'onde à la rencontre de la parfaite volition offrant ses paysages nuptiaux par des pâturages aux humus adulés,
Des forêts aux herbages en métamorphose, des faîtes sans abri aux clartés divines assignant, sérail, un hommage. »

Celui de la Vie à la Vie par la Vie et en la Vie, dans une surconscience façonnant l'accomplissement et ses empires,
Au-delà des douves des rescrits, des embruns fragiles et anémiés, des humours profanes et moribonds,
Pour enseigner dans une diversité la capacité de toute renaissance de toute formalisation par toute gravité.

« Où se tiennent en écho les sourds battements des tambours de bronze pour signifier l'aube paisible d'une expression,
Délaissant la contemplation pour offrir à l'achèvement sa cadence et son inexpugnable densité se révélant,
Incitée, graduée et fomentée dans les cils ouverts sur l'horizon, gardiens cléments des moissons en devenir. »

Labourant un refrain sans invectives, sans proverbe houleux et casuel, tout d'une satisfaction ouvrant sur la convenante intellection,
Satin des roseraies à Midi où se témoignent et l'ardeur et la suavité, la vivacité et la majesté, par la sécularité vécue,
En ces contrées des énigmes antiques surgissant et les ravines et les ruissellements influant la mise en œuvre du vivant.

« Sans larmes ni regrets des mystiques ovations culminant vers l'inhérente possession aux agraires avidités,
Comptoirs des tourmentes et des feux roulant leurs diachronies dans l'inévitable ferment de l'incomplétude,
Où s'examinent les possessions exactes des liens brisant toute exigence et toute exaltation par les milieux satisfaits. »

Araignes de territoires malmenés s'inventant des
passages pour attraire la stabilité de leur faciès
démesuré,
Ordinairement dans les emblavures de la désunion
des vecteurs les fusionnant dans les domaines
d'une appartenance,
Avisant là l'intellect, sans prestance, l'essence sans
effluence, d'une matérialisation stérile, s'approprier
les plus vastes opérandes.

« Des drames et des guerres, par dénaturation de
toute gloire et de toute victoire de l'harmonie
sublime,
Délaissée devant la portée des gammes austères et
prolixes, attardées, obstinément inverses des
témérités éternelles,
De leurs robustesses, consumées par
l'appréhension, la peur, l'effroi, faciès hideux de leur
prêtrise générée et dégradante. »

Ligue de la vacance et de ses hymnes, tous se
précipitant dans le besoin de palier à leur atrophie
monstrueuse,
En rayonner la démonstration par les ornements,
les fantasques ouvrages honorant les abîmes
empressés,
Où se retrouvent les soucis désorganisés de
digressions maladives dont l'ombre couronne ses
spectateurs.

« Si tant des pleurs accablés le besoin du crédit,
palliant leur insuffisance, ce défaut notoire de
rayonnement naturel,
Les incluant dans la laideur, source de leur seule
créativité, une laideur les correspondants dans une
intime conviction,
S'appliquant à contrefaire toute vacation de la
puissance pour la défaire de son chemin et mener
vers sa perte toute altitude propice. »

Notoire infirmité de ces veules et ces lâches
s'ébrouant par les gravures obscures aux prolixités
les plus endeuillées,
Composantes de carnassières allures aux férocités
outrancières les approuvant à conserver la nef de
leur pillage,
De leur vol, en la faisant grossir, telle une
baudruche, par l'esclavagisme d'autrui, aux sons de
leurs trompettes usuraires.

« Issues d'ensemencements clairsemés infimes aux
yeux de la quantité se faisant berner par l'ensemble
fini de leurs entités,
Usurpant, pour conserver leur dorure, toutes les
valeurs, toutes les vocations, toutes les
intelligences,
Fondant telle neige au soleil par prévarication de
leurs volontés par leur argenture et ses souillures et
ses abominations. »

Percevant le cil, hier également dressé vers le soleil,
s'enliser dans la noirceur et la corruption, l'avarice
et l'ignominie,
La bêtise surtout, nerf de la guerre de cette
gangrène dont les vermines infectent les règnes les
plus éthérés,
Lorsqu'ils laissent entrer dans leur logis leur
pestilence et leurs refuges, toutes voiles gonflées
pour apprivoiser et enchaîner.

« Mesure du matérialiste devenu spiritualiste, du spiritualiste devenu matérialiste et du matérialiste le plus compromis,
Trois phases de l'inactivité s'orientant inévitablement vers l'indéfini, la pierre brute et ses ornementations,
La matière innervée par l'idolâtrie de la mort et de ses remparts, ses ineffables licteurs se prescrivant sectateurs de leur fin de race. »

Conte de la boue et de ses lubricités, de ses aiguillons nocturnes et diurnes freinant dans l'immensité la plénitude,
Sa prépondérance, ses associations, ses occurrences, ses dimensions suprêmes et ses parousies, affectées par ces menstrues,
À un éternel retour avant de pouvoir s'épanouir enfin dans les directives de la sagesse, dans une symbiose harmonique et sereine.

« Labour de cette dérision s'instituant prestige dans une morgue démesurée dont les fumets sont cortèges atrophiés,
Et de l'Âme, et de l'Esprit et du Corps, et de l'Unité circonstanciée devisant l'Éternité et ses magnificences,
Dont le compte pâle et horrifiant se découvre dans ces latitudes constellées par l'innommable et ses cruautés. »

Conjonction de tous les fourvoiements où les limites ne s'astreignent mais se considèrent dans de tribales arborescences,
Moisissures éreintées de la perversion et de ses soucis de préambules iniques et injustes aux grotesques fureurs,
Se propulsant dans le soufre, l'ordure et l'immondice ayant pour refrains la bassesse et ses noctambules rigueurs.

« Où les Univers se déclarent dans une lutte totale pour en administrer le jugement impérieux et impartial,
Révoquant à la litière de l'infécondité tous les féaux de ces débris frustes et éructant encore leur nid de faiblesse,
Passementerie de la liesse des bututs vides de lucidité, dans l'égarement s'organisant pour perdurer leur écueil. »

Évacué dans les décombres de leurs diamantaires
infortunes, avec leurs larves étouffantes s'adonnant
à la trivialité,
Dans une indécence folle où se visitent les
caricatures de leur perdition, toute axée sur la
disparition de toute création,
De l'enfance, la postérité, le brouet de leur sexualité
dénaturée pilotant leurs maux les plus ataviques et
consternants.

« Des Êtres de ces périodes la chute graduelle dans
la matière et pire encore dans son cloaque et ses
rayons de pestilences,
Ignorant la certitude pour mettre en place les
invalidations systémiques d'un genre ignoble,
parasite de tout environnement,
Sans autre piédestal que la pourriture et ses
sépulcrales litanies enveloppant de leurs tares et de
leurs miasmes ses vicissitudes. »

Où la vision ne se perd dans l'excrémentiel
diagramme de cette nuisance se dévisageant dans
l'aven assigné,
Absorbant des lâchetés sans écumes, des choix
sans éloquence, des parterres sans floralies, un
bêtisier amène de la cécité,
Générant ses armées de gnomes hautains et
impavides se rassurant du sang versé pour obtenir
leurs gains ignobles.

« Théurgie de l'apocalypse voulant à tout prix se
vouloir la maîtresse des mondes, alliée en cela avec
la déficience de l'entendement,
La pénurie de tout imaginal, puisque dans une
carence créative globale dépassant les sommets de
l'abstraction,
Afin de satisfaire la sauvagerie sous tendant son
argile puant lui servant de mystère et
d'achèvement. »

Vague au regard sans absence se dirigeant dans son
sillage pour en pourfendre l'incongruité répugnante
sans pérennité,
Hissant les serments vers leurs trajectoires opalines
de succès sur les cendres amères de leurs volubiles
contingences,
Tentant d'achever l'animé par toutes surfaces afin
d'opérer son reflux définitif des sceaux de l'inaltéré
et de la vaillance.

« Tentative sans essaim et sans écrin, ne résistant
devant la consonance de la transcendance en
rencontre de l'immanence,
Veillant à l'accord de sa vitalité pour féconder les
astres et les amener à la pluralité existentielle et
discrétionnaire,
Où le deuil n'est une lignée, où la convoitise n'est
un étendard, où la barbarie n'est une invitation, où
le système est pluviosité de nacre. »

Naissance aux armoiries impassibles entrant dans
le vif du sujet et de ses opérandes alliant la
médiocrité au mensonge,
Ces égéries des lâches et des proscrits, des
malédictions fleurant l'indécence, la prolixité et la
ruine des motricités,
Cohortes inventoriées aux servants décérébrés
martelant leurs menaces uniformes par tous les
champs de bataille à venir.

« Dans l'inconséquence, la folie ordinaire des eaux
saumâtres où se réfugient les pitoyables ères sans
lendemain,
Abdiquant pour la vermine les choyant, servant de
chair à canon pour faire prospérer ces dantesques
épigrammes,
Ces orbes sans semence, consanguins perpétuels
du pourrissement et de ses frénétiques
déchaînements par les cosmos distraits. »

Car il est un jeu pour ces damnés, d'aptitude sans
horizon se prêtant à toutes les infamies pourvu
qu'elles soient de sang,
Dans l'impossibilité congénitale de bâtir, un jargon
fauve immolant la droiture et l'honneur, au profit de
l'insolence,
D'une domination échue, déchue par sa propre
intempérance et ses sagacités aux besoins
gargantuesques et pitoyables.

« Laves de frissons pestilents odorant la nécrose, ses
artifices et ses morbides satisfactions dans la lie et
ses contraintes,
Un nectar bouillonnant l'affliction des Peuples des
globes sombres où l'apparence s'énonce dans une
étreinte répugnante,
Désaxée et arbitraire ignorant le libre arbitre pour
imposer ses laxismes épistolaires et ses fenaisons de
larves maladives. »

Trouvant face à elles le Chant dans son allégorie
vivifiant une oriflamme pour unir les instincts
vaillants,
Les souffles opposés, les émanations conquérantes,
unies pour destituer les orientations culminant les
précipices et les naufrages,
Où se recueillent de perpétuels relents nauséeux,
ceux s'abritant dans leur voile putride pour
introduire leur déclamation.

« Dans l'inconsistance d'une générosité inverse
s'extériorisant dans le prurit d'une bestiale attirance
à l'assombrissement pathologique,
À ces artefacts scintillants de moires indigences où
seuls comptent la possession et ses adages, l'usure
et ses corruptions,
Dans une vénalité insoupçonnée par les créatures
de leurs moments malsains, illusoires robustesses
au prisme déformant. »

D'une idéologie tronquée, les voyants, pauvres idiots
utiles, acclamer leur mise en servage par l'élection
d'un nom,
Vautré dans le marasme de la puanteur des dires
faméliques élaborés par l'institution d'une
propagande affligeante,
Conditionnant son convoyage dans la dissimulation,
par l'appropriation de toute passion dans son leurre
et ses mantisses.

« Illusoire impression de la prêtrise et de ses
sommets, dont la réalité heurte les propos de
vampires engendrés,
Ces bêtisiers communs du marais le plus
sanguinolent estompant toute maîtrise et toute
conquête,
Pour se livrer, apostats, à la cruauté d'un destin de
parjure achevé, de traître ignominieux aux labiaux
faciès. »

Finales désinences de l'hypocrisie, de la morgue,
masquant la triste réverbération de personnages
sans assises,
Vides de toute tonalité, anémiés par leur distinctive
incapacité générée et entretenue par le climat d'une
divagation propice,
Irradiant ses lamentables prescriptions jusque dans
la poudrière de l'infâme et de ses correspondances
animales.

« Monnayant la Vie à ce miroir opaque dont seule la
propriété de l'éveil, intemporel, permet d'en
circonscrire les abysses,
Course sans abandon unitaire décimant les
larvaires attitudes, les afflictions conjuguées, toutes
ces représentations noctambules,
N'ayant pour principe que l'écheveau de la bassesse
et de ses houles où s'évanouissent dans la fange les
illuminations. »

Grossières vêtures des prostrations insipides et
perfides dirigeant dans leur brouillard et ses
terreaux menaçants,
Leurs guerres intestines pour la détention de l'or ou
de l'argent, avenant toute déconsidération du
généré,
Dont les pyrites trouvent désormais sous leur joug
les consécrations de l'adulation de la provocation et
de ses armes.

« Sans estime par les demeures enlisées en leur
sourd dessein rampant de complainte en complainte
l'errance profane,
Ses domestications, ses inventions cruelles, ses
labyrinthes sordides, ses lacunes effroyables où les
torpeurs déciment,
Et les tonicités et les cœurs pour les exalter dans la
perfidie, l'idolâtrie, la vacuité formidable rayonnant
ses errements. »

Chuchotements par les maux traversés et combattus dégénérant dans de mystiques alluvions gangrenées,
Savourant leurs essors iniques et glauques, par l'arbitraire et sa veulerie sordide, guettant les temples défaits,
Les Êtres exons de leur personnalité se fourvoyant dans des travestissements étranges pour les honorer à satiété dans l'ordure et ses royaumes.

« Semis de noirceurs dont les opales sont les rubis de la déchéance, de la prostration et de cet ultime rempart de carnassier,
Né d'un complexe de supériorité mobile et hargneux redressant ses atours pour s'épancher dans la litière poisseuse,
Des sceptres des rêveries opiacées, calcinant leurs festivités dans des aisances tribales et congénitales pernicieuses. »

Où circulent parmi leur nombre des interrogations confessant leurs inquiétudes sur leur aube trépassée,
Dans la compréhension de l'opacité accueillant la déréliction, ses invitations, ses couronnements et ses fétidités,
Sans avenir pour le salut et encore moins pour la grandeur, tout transpirant, nonobstant la malhonnêteté, le mépris.

« Indécence formelle des délimitations translatées par cet anathème puisant ses expédients dans l'ignorance et ses prouesses,
Voûtant au sacrifice induit les résistances unies à son théâtre, manipulées et agitées par la subversive coordination,
Des usuriers et de leurs domestiques expectants se revendant à la débauche de frivolités pour complaire à leurs maîtres dénaturés. »

Terrible épreuve par les temps et les espaces en application de la souveraineté s'examinant ici déchue de tout parcours,
Sinon celui de l'éternel retour vers la matière abrupte, délavée par ses exclusives scories, s'autorisant,
À la déraison et à l'inharmonie, par convention des sentences la provoquant et la conjecturant dans la dissipation funeste.

« Vif répond des volontés naissant la tourmente d'une guerre totale à ces fanions souillant les couleurs d'une genèse,
Une régénération honnie par la bestialité, les stipendiées et leurs furoncles, les oisifs et les invertébrés manifestés,
Constamment ergotant sur l'effondrement de l'éternité, sans percevoir leur spécifique chute dans le néant et ses florilèges. »

Prémisse de l'origine en ses rayonnements, ses affleurements, ses ébauches et ses sursis, ses nuances et ses autorités,
Où l'onde altière ne se fige mais se propage, dans une virtuosité majestueuse où rien ne se dissipe ni ne se méconnaît,
L'astre en séjour de toutes contemplations divulguant la multitude des signes incendiant la clarté en ses cristaux.

« Au large des Îles aventureuses, modalités de l'extrême entendement, monarques en leurs hymnes conquérants,
Initiant des silences et des vœux, où, mânes, se dressent les clameurs pour prêter un serment aux permanences spirituelles,
Les amener à leur innocence originelle pour en transcender les élans portuaires, les navigations stellaires éclairées. »

Stipulation des âges, en tornade, irisant leurs résurgences par les fluviales exaltations des sollicitations encensées,
Celles de la beauté acclamant avec célérité les factums angéliques, embrasant leur sens aux margelles effeuillées,
Des sylves les plus ténébreuses aux liserés les plus inexpérimentés, des forêts les plus encaissées aux plaines les plus vivaces.

« Écumes de blondeurs safranées aux ourlets des
sèves adamantines dessinant dans les cieux des
promesses d'azur serein,
Vivifiant les fanes ombrées de la nue, les lueurs des
constellations divines et sûres se révélant en leurs
endroits,
Tous pampres correspondants fortifiant pour aduler
le bourdonnement de la pluie et de ses complaintes
déchaînées. »

Affrontant les sillons coordonnés des plaies
émaciées traînant dans leur sillage les appareillages
sans réputation ni prestige,
Ces veuleries profanant la sentence de ce devenir
lentement se tressant pour désorienter leurs vœux
malhabiles,
Apercevant des sites les ramures incendier les
paysages les plus sombres pour les animer d'une
logique nouvelle à engendrer.

« Pulsion dressée vers le zénith, scintillant les
porphyres et les jades des oratoires lambrissés de
veinures palpitantes,
Libérant des volutes de grenats et de schistes aux
marbres tissés d'or et d'argent enluminés de
passementeries hivernales,
Attendant la gloire solaire et son empreinte pour se
lever des limbes et accéder à la puissance
talismanique de l'immuabilité. »

Onde par les mers captivées, les Océans granités,
les vents puissants aux dérivations éthérés, les
glèbes marbrières,
Fascination des voix allant en répliques les répons
de l'instruction gravitée de l'ascension la plus
extrême,
Celle souscrivant à l'être et non au paraître pour
l'intime et pour la multiplicité, par-delà les
précipices de l'orgueil.

« Ce mouroir aux croyances ataviques, aux
criminelles essences, aux traverses sans
réverbérations,
Aux pestilences abrégées acclamant leur infortune,
fioriture de leurs ornements les plus létaux et
favorisés,
Se lavant dans l'humeur des cendres et des sueurs
asséchées par les laves d'un aphorisme martelant
leur possession inique. »

Où se tient le secteur du choc fantastique ne
désespérant mais se délivrant par les zones les plus
ténues et orientées,
Là, dans ces semailles de volcaniques invitations
partageant la soif de vaincre les citadelles désolées
et leurs fermentations,
Pour annoncer la fertilité et ses onguents majeurs
par toutes forges enfantées et tout règne sans
abandon de l'élévation.

IV

Des Univers éployés

Où l'orbe en sillon irise sa vive préhension
La calme attitude correspond sans agitation
Les opalescences de la plénitude circonstanciée
Ouvrant sur les latitudes des caducées,
Permettant d'assister les myriades ouvrées
S'apprêtant à s'unir avec le Chant magnifié,
Écume des algues sycomores des adages
Charriant aux cimes les pulsions d'un âge
Se défaisant des phasmes et de la virtualité.

« Où le soleil chevauche des troupeaux de nuages, les virginales exubérances du monde réverbèrent des cristallisations,
Fulgurant le front des océans aux préaux limpides et souverains, mesure des archontes inscrits de pétales ondoyants,
Par l'Espace fabuleux, ourlé de nefs opalescentes affermissant les secrets espoirs des talentueuses conditions formelles. »

Fruits d'essor par les constellations exemplaires arborant les fanions de leurs souches sur toutes images de la propriété harmonique,
Délaissant les fauves certitudes pour délibérer les ambres parfaits des cycles du renouveau irradiant de ses perceptions,
Et la pluralité des âges et la splendeur des sentiers couronnés immortalisant le sort et ses effectives randonnées.

« Ici l'innocence perdure, se lave dans le frisson des âmes dont les liaisons couronnent les vertus honorifiques,
Grandioses et délivrées, poursuivant d'espèces en espèces les novations s'adressant aux monades espérées et suivies,
Pour les fortifier dans le sacre et ses vestales déifiées où s'exonde une onde altière fructifiant une détermination. »

Arme des Univers affichant ses oriflammes par les
dais pour engendrer le détail de symbiotiques
persévérances,
Affranchissant des osmotiques inconsistances,
toutes aux abîmes se destituant mutuellement dans
un achèvement sauvage,
Où le regard ne se perd afin de gravir les versants
de l'évolutive conscience arbitrant les actes et les
propos.

« Orientant leurs semis par les vastes préambules
des escarpements du Ponant, parmi les planètes
sans contenance et sans finalité,
Dans une exhaustive liesse inhérente d'un jugement
d'existence et en aucun cas d'un jugement de
valeur,
Pour hisser au zénith les saines viduités dont les
spéculations ne s'écrêtent, ni ne se parjurent sous
les affres temporelles. »

Exigence devisée, acclamée, opérante dans le souci
de la renommée assignant les lendemains à surgir
et prospérer,
Dans des postures humbles et parfaites, dévoilant
des civilisations les ordres passants, les activités
concrètes,
La masse de leur éclosion dans un mouvement,
salué par l'instance observant tout à la fois leur
lacune ainsi que leur excellence.

« Ici, là, par les multitudes incalculables où le
zéphyr engendre la maîtrise des flux et des reflux
accentuant les passages,
De l'un à l'autre dans des nues incendiées et
fulgurantes, aux tonalités olympiennes, adoucissant
les venelles nuageuses,
Les empyrées oublieux, toutes ces sculptures
délétères s'imaginant constantes dans la nue
supérieure et sereine. »

Éperdus dans les frémissements des ondulations aux sapiences adroites, délitant leurs principes surannés pour louvoyer,
Par les chenaux les plus emplis, les orées les plus drues, les fleuves les plus exons, les déserts les plus cruels,
Afin de fleurir en chaque stance la potentialité d'un vœu ne s'estompant mais s'érigeant et se prononçant dans le réel.

« Dans une affirmation volontaire destituant l'impéritie et ses velléités, ses paresses primales, ses fardeaux sans fondement,
Toutes nuées où le paysage ne se tresse mais s'adresse pour opérer les changements probants procurant,
À l'énergie, sa propension précise et ultime à se gréer dans une liberté pionnière, fondement de toute causalité. »

Corrélation divise aux fonctions matricielles
réalisant le poudroiement de l'inextinguible
cheminement propitiatoire,
Dont le signifiant conscient conjugue les hyperboles
chevauchées, leur désinence sur leurs traces
engendrées,
Écrasées de marasmes et de percussions
faméliques, sans effet devant son impériale témérité
statuant le destin propice à toute nativité.

« Essence du respire aux fondations multiples, aux
variables démesurées, prenant d'assaut les foyers
absents pour les réduire,
Les oblitérer de l'illusionniste advenu, dont
l'aventure s'émeut, car prospère, sans léthargie
aucune, imposant sa contenance,
Ses coordonnées fractales, ses adulations, ignorant
les silences et les atonies aux venins stipendieux et
réducteurs. »

Heaumes imposant les séjours vivants dans le
levant et non dans le couchant, dans l'apprentissage
établissant,
Dans la prépondérance les alcôves et les richesses
aux tribulations opérantes émancipant le seuil des
promontoires,
De la reconnaissance de toutes entités participant à
la plénitude et à la gravitation du règne et de ses
florilèges perçus.

« Au firmament des abysses ou aux faîtes les plus
denses, dans ces extases où liturgique approche le
baume,
Et de la chaste ferveur et de ses humus
fantastiques, les arrêtés mesurant leur ferment
d'ivoire,
De sa pérennité et de ses élans, au milieu des
brouhahas secrets où de viles conformations furent
ruisseaux apitoyés. »

Tandis que se soulève le rivage d'or par les nombres
et leur exaltation, sans naufrage par les
dénivellations amènes et les dômes louvoyés,
Où dansent des nacelles conquérantes, servantes
des courants et des ondées légères, par les
componctions révélées,
Où l'Histoire calligraphie ses circonvolutions pour
ne feindre les secondes mais les réverbérer dans un
calice prévenant.

« Livre aux pensums légiférés des tribales partitions,
consumant les eaux moirées des mirages et des
illusions,
Pour s'immerger aux préceptes de l'efficience, de
toutes formes se propulsant vers l'infini et ses
diaphanéités,
Pour en saisir les catalyses suprêmes, les
orientations surprenantes, ensevelissant les
diatribes surannées. »

Prémisses, par les domaines d'applications aux
officiances acquises sur les clairs obscurs des
atmosphères, hier ensevelies,
Ce jour prononçant leur offrande à l'Empire et ses
multitudes attendant, en lice, les préambules de
leur majesté,
Pour l'honorer d'une inhalation purifiant leur éclat,
leur lustre, leur prépondérance, désormais unis à la
densité germée.

« Voyant des vies décelées et perçues par les prestations de l'aube aux séracs tangibles de consécrations votives,
Aux festifs agencements, déifiant la blondeur des épices, dans une fenaison de joie où le mutisme morne ne trouve place,
Tant de résonances s'étoffant en ses étraves où les arcs-boutants servent de tremplins pour les houles de souches retrouvées. »

Situant l'abondance annoncée, révélée, sans anémie, pleine de la fougue de l'opiniâtreté d'une alacrité novatrice,
Alliant toutes résonances des libelles pour en assumer et les rives et le sillon portuaire ineffable décantant le mystère,
Des incarnations, et toute suavité en leur mélodieux saisissement innervant les Lois des cités et de leurs orbes adventices.

« Modalités de l'œuvre sans sursis révélant la parure martiale du cœur palpitant les roseraies odorantes de la fortune,
Leurs sépales nacrés de diamantaires effluves, leurs nectars constellant les précipices pour les conduire vers les hypogées nouveaux,
À découvrir par les épreuves les plus glorieuses aux enlacements les plus fertiles, par-delà les roches naufragées. »

Ces écueils aux émondations stériles glissant dans la nuit et ses araignes apparitions distillant le venin d'une expiration,
Éclaboussure d'une tragédie dont les conséquences, interminablement, alimentent les déferlements d'une ténébreuse idole,
Stridulation de souches raillant les vestales empyrées où s'ébrouent leurs incapacités dans une médiocrité sans limite.

« Revêche opérande maltraitant pour attraire, dans l'infécondité et ses subdivisions aux venelles futiles et acides,
Les tremplins endeuillés, habituellement vaincus par la prestance et la loquacité visitant leurs états surgis du chaos,
Retournant au néant après les victoires insondables condamnant leur cruauté à ses chaînes et ses ornements factices. »

Libre dessein des vagues amazones charriant les
prêtrises conscientes effectuant de paraboles
enseignées,
Les sortilèges pour en appréhender le levier et en
éclairer le mouvement par les chemins sans regrets
ni désirs,
Stimulant le royaume à sa féerie et non à sa
déshérence, dénigrant les gouffres impénétrables
pour s'apprêter à l'immensité.

« Haute autorité du calme avisé dont les semences
brillent les pigmentations des ondes sycomores de
l'incantation,
De ses mouvements personnifiés distillant d'eaux
vives les sonorités de la progression ne s'effaçant en
présence de l'infâme,
Parce que notoriété des styles précieux ne se
soudoyant dans l'indicible et ses frénésies affamées
et tourmentées. »

Toutes illustrations cadavériques de l'ombre
s'efforçant à nuire, dans leurs schémas
noctambules s'inventant ivresse,
De la temporalité exhaustive, masquée par leurs
défauts, leur précarité et leurs intermittences
atypiques et sans gloires,
Limitant tout débat, accueillant la morne dictature
de la piétaille et de ses enfantements grotesques et
burlesques.

« Enseignement des songes et des rêves brutalisés,
aux marasmes se délitant des sources pour affiner
une pensée nuisible,
Inlassablement à l'affût derrière le miroir comblé
des contenus rudimentaires s'étonnant de leur
prestige dans le vertige trouble,
Dans la dérision hégémonique acclimatant les plus
faibles sujets pour les efforcer dans la lie la plus
profane. »

Appréciation de l'entendement des cinabres aux
saillies les plus habiles dépassants le carcan des
chaînes,
Posées sur la clairvoyance, que l'égarement
intrépide balbutie, correspond et exclame dans une
nidation,
Dont les efforts tendent vers les déclivités et leurs
ramifications les plus sveltes, dans une obligeance
maladive et fébrile.

« Stipendiée et reléguée dans les fosses de l'oubli,
par les Lois fondatrices efforçant tout un chacun à
son dépassement,
À son caractère ouvert sur les rivages, ne se repliant
dans les affres de l'inconsidéré et de leurs volutes
safranées,
Pour témoigner, agir et engendrer l'Olympe en ses
sillons, coursiers de cueillettes aux alizés suaves et
légers. »

Prisme de la sapience des orbes inclinant à la beauté et ses sommations, par les réflexions de l'action définie,
Déclarant leurs fixations par les myriades éclairées et conjuguées scintillant des territoires sans délaissement ni amertume,
Désignant d'assemblées en assemblées les préambules de l'heureuse exactitude de croître à l'Éternité souveraine.

« Prépondérante consécration concaténant ses flots d'adamantines rectitudes, prédéterminant par des averses lactescentes,
Les moments d'une péripétie naturelle et non singulière se dirigeant vers l'accomplissement et ses offertoires,
Marches de toute patience putréfiant les moires avanies pour des cours apaisés, génération d'astres et de sols embrasés. »

D'une sentence l'éveil dans la clarté de l'aurore et ses profusions, douceurs de la nue exquise et persévérée,
Revêtant ses armes de lumière non pour éblouir à satiété, mais devenir dans la perspicacité où se fixent les arguments,
Et de l'élévation et de ses épreuves, braves et téméraires, chevaleresques et suaves par les souffles d'onyx et de bronze.

« Où s'en viennent dans leur verve les rencontres
fécondes et leurs accessoires couleurs aux ramures
déployées,
Décors de plébiscites prestes et certains fulgurant
leurs panaches, de villes en bastions, de fortins en
chaumes,
Correspondant une avance impérieuse dans le cadre
de la justice annonciatrice épousant leurs faisceaux
dans une somptuosité solsticiale. »

Renonçant aux labours confus pour des moissons
divines observant chaque Être en leur
ensemencement,
Répandant leurs messages par les métalloïdes les
plus inestimables, les glaises les plus émondées et
cycliques,
Afin d'accorder loin de la brume l'état Solaire
indivisant les corporatives enluminures de leurs
secrets.

« Offerts dans la direction de la réalité ceignant
leurs éloquences immaculées pour inscrire dans un
épigramme magnifié,
Les symboles de l'évolutive cognition et de ses
préaux sublimes où dansent des volatiles
aquatiques aux plumes chamarrées,
D'ambre les lyres épanouies allaitant de fauves
générations afin de les épanouir à de fortes
espérances. »

À la profondeur des affections frémissant cette
bonté acclamant de vestales nitescences aux
chatoiements épiques,
Où se retrouvent les biotopes multipliés, devisés et
consacrés, développant d'humus en marnes les
ferveurs initiées,
Facilitant leur union dans la splendide communion
narrant sans distraction ses renommées aux
brillantes perfections.

« Perception par les fumerolles déferlant les roches de la stoïque configuration de cet harmonique maturée et civilisée,
Accentuant ses désirs dans une croissance sans aboutissement forçant l'insipide dans ses retranchements les plus ataviques,
Pour le préfigurer seul passager grotesque, sans souvenir, où ne pleurent mais se gargarisent les signifiés. »

Ces maladives obstinations s'apostrophant inégalement pour paraître leur avenir sans forme et sans effervescence,
Déviées de leur course par la frondaison instituant par leurs contrées la possibilité éminente d'une renaissance,
Perpétuellement inépuisable aux contreforts des regards ne se contentant d'absoudre la virtualité et ses enlisements incultes.

« Toutes allégories en ce serment ouvrant ses yeux sur l'orée séculière, vers sa notoriété légendaire et ses ardeurs,
Émancipant les cils des baumes surannés, de leurs sommeils au trépas annoncé, pour réverbérer la cristallisation,
La pompe du Verbe dont la randonnée par l'horizon correspond toute viduité dans un couronnement salutaire. »

Initiation de l'aubade à ses prononciations votives, ses téguments fructueux et ses variations sereines éclairées,
Où se retrouve l'éclosion d'un sillon ne se prosternant mais obstinément debout, malgré les déliquescences désunies,
Prononce sa désinence par toutes pentes et toutes cimes pour engendrer l'accent tonal d'une irradiation manifeste.

« Aux entreprises en armures fulgurant, par les constellations, une naissance au zénith après les sanguinaires errances,
Leurs caprices, leurs congratulations, leurs ères inversant toutes valeurs au gain de l'agonie et de sa charge malsaine,
Réduit à la simple impression par les éventaires de l'apprentissage ne se corrompant devant ses élytres et compositions figées. »

Clameur des adages par les cycles déchaînant les maelströms pour en percer les contraintes, les avanies et les vanités épousées,
Les destituer de leurs tyrannies orgiaques et sans repère, semble-t-il, dont l'opprobre suffit à en démanteler les rus,
Ces agapes aux ruées barbares, issues de la difformité du regard au corps, de la pauvreté de l'esprit et de l'affliction de l'Âme altière.

« Ruine des organismes s'alimentant en leur bercail pour mieux les servir et s'attraire ainsi dans leur esclavagisme perfide,
Ruisselant du sang des Êtres, de leur fermeté et de leur désir, éperdu dans le maelström d'une péréquation avide,
Dont la sentence appelle par toutes sentes à la désintégration de tout ce qui se perd dans la destruction. »

Action de l'Hymne se gardant de ses méfaits, de ses pourrissements, de ses détresses et de ses convoitises stupides,
Ces achats de l'Être ayant pour objet d'assouplir sa condition, la réduire à l'ignorance, la combler dans l'abondance de la frivolité,
Dans le creuset de la bestialité où soupire le monde de s'aviser cruellement associé au culte d'une théurgie dissociée. »

« Complainte des sensations ne palpitant plus les dynamismes et les rayonnements des Empires bâtisseurs,
N'ayant pour but que le progrès et en aucun cas le déclin, dans une prescription impartie sans faiblesse,
Azurant les noblesses et les monarques certitudes ourlant les frontières répudiant les mascarades de cette tragédie et de ses oripeaux. »

Car irisation de leur métabolisme atrophié
malmenant leurs rescrits incertains ne pouvant
proférer ni nuire,
À l'alacrité venue du fond des âges pour sceller avec
les lendemains à féconder les traités persistants de
la postérité générée,
Symboles de la préséance de la grandeur et de
l'honneur sur les avilissements du déshonneur, de
la fourberie et de la traîtrise.

« Toutes vacations sans le moindre intérêt pour
l'existence visitant leurs maux pour déconstruire
leurs racines diluviennes,
Assidûment, semonce d'une témérité en lice pour en
abroger les méfaits, leurs intempérances et leurs
litanies,
Conscrits dans la poussière au crépuscule des
combats livrés pour en décimer les passions
dissolues et délétères. »

Prouesse proclamant les florilèges de la capacité aux
ligues de la hardiesse et de ses envolées
prestigieuses,
Comblant le vide des douleurs et de leurs voix
multiples par les paysages assombris, les
labyrinthes cendrés et brimés,
Tous sous le coup de projets en expansion dérivant
leur infortune pour les remplacer par une densité
exhaustive.

« Rubis du satin des rêveries où les effluences
s'envolent dans des draperies de lumière jaillissant
des gerbes nacrées,
Où l'engagement ne se fige ni ne se laisse contrarier
par les brèches des chiendents et de leurs odes aux
paresses exilées,
Ces fétus de paille virevoltant sous les bourrasques
intenses de la compréhension les isolant pour les
révéler à une aube authentique. »

Aux marbres des calices, par les envoûtements des
féeries livrant leurs fontaines de jouvence et de
générosité,
Où se baignent les nymphes et les naïades de la
splendeur, et dans le couchant des chimères
armoriées,
Les prêtrises associées engageant le défi d'attraire
l'insondable dans des fleuves ressourcés par la
droiture et son exigence.

« Insigne sans fragilité estompant les scories et leurs coordonnées, dont les voilures des amplitudes intersidérales,
Considèrent la vanité, ce portrait sans délivrance se contentant, sans distraction pour le passé et pour le futur,
Habituellement s'agrégeant à un statisme dont l'emprise foule la providence sous les pas d'une déchéance appropriée et rutilée. »

Masque de la pluie sous le vent, par les haleines anémiées hier encore, désormais signalant leurs visages rayonnants,
Pour partager les essors, par toutes surfaces, des affines consécrations de l'authenticité et de ses impérieuses formalités,
Novatrices, tourbillons de solaire engagement strié de lisible entendement par les chapelles matricielles de la viable demeure.

« Acclamation des lourds tambours de bronze drainant sur les latitudes et les longitudes structurées,
De fières colonies aux adventices créations devisant, échos invités et complimentés, les parturitions cosmiques,
Où l'embellie ne se prosterne, dans un caducée se dispose et propose pour s'ouvrir sur l'impérissable caractéristique d'une ascension. »

Livrée sacrale exposant ses intensités moniales afin d'en fluidifier les expressions et dans leur enrichissement les déployer,
Parmi les routes césariennes où s'adresse l'Espace au Temps pour en germer les essences agissantes et contemplatrices,
Marques d'une synthèse innervant le futur de ses flots héroïques, incorruptibles et vaillants, dans la Voie et par la Voie.

« Protectorat de blés mûrs s'ébrouant par toutes affirmations hardies de ses sépales et pétales invincibles,
Libérant la fougue du destin, la décantation de l'avenir, et dans la sagesse précieuse, les cils navigants,
Attrayant toute définition des pulsations et de leurs vitales harmonies par les sphères constellées par une lucidité endurcie. »

Où les strates ici cernent leur génération dans une concaténation dont l'ordre ruisselle les perspectives supérieures et offertes,
Ouvertes sur les exubérances, officiants des dispositions incitant toutes formes informes à la forme suprême,
De l'Énergie les visitations omnipotentes assistant la péréquation d'un épanouissement, celui du Vivant à l'affirmation régnante.

« Préambule de floralies où s'enseignent l'équité, la
vaillance et le courage, non pour complaire mais
pour être,
Rassembler et situer l'irradiation dans son entrain
ainsi qu'en ses contemplatives langueurs, par le
sérail ébloui,
Visité et signifié par-delà les incongruités et leurs
menstrues, ces défaites naguère désormais reniées
dans la navigation astrale. »

Sagacité de la détermination ne s'affaiblissant ni
devant le sort, ni devant l'écume des tempêtes
adressées,
Pour clore la rectitude au profit de la virtualité, pour
taire la pénétration des odes et en enliser les
prémisses,
Dans les gouffres perméables des lascivités perfides
où se meut la détresse dans ses manteaux de laves
aux effluves douteux.

« Du silence le gréement par les nefs culminant les
fanaux de la puissance dans ses dispositions aux
pulsions votives,
Canalisant les affronts, admonestant les épreuves,
contrôlant leurs ébauches par les faces de la
considération multipliée,
Prononçant la déambulation, assurant sa fluidité,
promouvant d'aventureuses novations par ses
subtilités gratifiées. »

Où l'allégeance ne se correspond, puisque partie
d'ouvrage achevé dont les terminaisons s'essoufflent
de deuil et d'agonie,
Dissipée en présence de la cristalline aristocratie
animant ses étendards pour fortifier et les pinacles
et les plaines, et les terres et les océans,
Parcourant les distances incommensurables pour
en sevrer les pertinences et non les indécisions aux
inconvenantes suspensions.

« Désuètes formalités des mânes sans descendance
s'isolant dans leurs ruptures pour mieux se dissiper
dans le limon,
Dans la cendre et ses glacis, ses opacités et ses
marmoréennes platitudes dont les cœurs ne
résonnent le trépas,
Tant d'avance en leur anthologie, tant de lieux
parcourus par leurs essaims, tant d'émanations leur
granit azuréen et sûr. »

Livrée des règnes se galvanisant pour offrir ses
incarnats à la plénitude et ses liserés à toute
pâmoison de l'ivoire glorifié,
Par ce message sans appontement esclave,
dévisageant l'Être debout, singulier allant vers la
prospérité de la multitude,
Éveil des sens et concertation, culmination des
antiennes et reconnaissance de leur exhaustive
appartenance initiée.

« Où se baignent des îles primitives sur des houles
pérennes, lissant leurs plages de feu incendiées par
des soleils incandescents,
Murmure des apparitions nées, germées et évaluées
par les stances émerveillées des blondeurs
safranées,
Climats d'haleines intenses aux senteurs claires
nommant aux promontoires leur conquête
accomplie. »

Là, douves des armoiries de la nacre, des berges de
sodalite, catalyse des attitudes fondant le Temple et
sa raison,
Son précepte et son ascèse, dont la barque est
langage, témoignage, affleurement de cette
surconscience advenue,
Se baignant dans des lacs fertiles d'ovations et de
miracles, tant l'ambre son astre devin de toute
certitude créée.

« Parcours des flores aux arbres millénaires, convive
des roseraies de l'Ouest révélant leurs embellies
nuptiales,
Associant les préceptes souverains des
recueillements pour les aventurer dans le rescrit des
temporalités,
Saillant l'aptitude du moment, l'impassible nativité
de l'instant, pour irradier l'élévation dans une
consonance vertueuse. »

Pénétration avivant la rénitence des multi-univers configurés et statués attisant leur prestance dans la persistance galactique,
Hissant les pavois de l'Assomption dans une gloire symbiotique, ignorant la durée, pour efforcer les ténèbres,
Inciter tous élans grées dans leurs moires aisances jusqu'aux tréfonds accentués de leur anachronisme, pour les inciter à se révéler.

« Pour les dépasser, les écarter de toute vicissitude vécue, afin de fortifier la satisfaction de la beauté par toutes pulsations rayonnées,
Intrépides et fulgurantes, saillissant de leurs suavités exquises les déploiements de chaque créature dans la préciosité,
La marque d'un séjour avantageux et couronné, désignant un foyer et sa lignée nacrée d'incandescence. »

Dans et par l'autorité de l'Unité témoignée, image de l'angélique Éternité, aux caractéristiques inépuisables et majestueuses,
Accordant les zèles de toutes allégories dans l'harmonique nécessité initiant ses attractions diurnes par les brumes nocturnes,
Pour transcender le semis des novæ sans voiles, tendant vers la postérité ses hymnes infinis et flamboyants.

« Vêture des équipées pellucides au frais visage du levant entraînant dans un tourbillon d'amour les joies visitées,
Élaborant dans leurs enceintes les propriétés permettant de se dégager des idiomes incertains et puérils,
Ces fléaux des phonèmes éraillés aux dissonances gravifiques hébergeant le chaos et ses ciselures morbides et endeuillées. »

Tous fronts dans les envergures intersidérales, combattus avec la vivacité mature née de la recommandation accessible et sûre,
D'affermir l'animé, par toutes pentes et toutes crêtes, sortant des abris d'infortunes et des abîmes les plus ténus et avides,
Où se lisent l'absence et l'amertume, ces caractères du statisme circonvenant à toutes allégresses déployées et enivrées.

« Libre esquisse des vœux tutélaires aux orientations, les unes agrégations, les autres pernicieux offertoires,
Les derniers dans la misère des sorcelleries aux éloquences malhabiles s'égarant dans la tourbe et la poussière,
Où se retrouvent les fractales dissonances, leurs vœux et leurs désirs éprouvés sillonnant un désert pour empyrée. »

Conjoint de la garde de la vaillance ne permettant à cette décomposition de saillir ni ses convenances, ni ses gratuités infestées,
Mais seulement l'ode du respire invitant à la surgir hors du paraître et de ses cohortes entachées de rêveries profanes,
Se lavant dans la mélancolie et ses ondes de malheur où bruissent les huis de caveaux aux noirceurs insondables.

« Mesure du Verbe délaissant les oripeaux, leurs fumerolles nocives, leurs marais fétides, ces abris des dolines,
Attendant de ces anhélations, dans le principe objectif, le miroir d'un ensorcellement rejoignant la parousie et ses explosions,
Dans une arborescence, attestant du seuil dépassé de la matérialisation la plus abrupte vers l'Énergie la plus éthérée. »

Conjonction des termes gardiens, des casuelles luttes par les saisons se dissipant dans le néant et ses haleurs,
Voyant des songes et des rêves alliés la rigueur ne se fourvoyer dans la stérilité de la vacuité où régissent la servitude et ses féaux,
Signes de la partialité la plus nauséeuse s'avouant infléchissement de tout arcane et désintégration de toute forge vivace.

« Symphonie de l'apothéose sur les affres et leurs millésimes frustes, leurs anathèmes et leurs pensées funèbres,
Où le dit saillit l'immensité pour appeler une réponse à leurs démonstrations opiacées où se taisent les miracles désœuvrés,
Pour laisser entrer la solsticiale interdépendance à la prouesse conquérante, inhibant leurs cognitions égarées. »

Conjecture des flots divins conduisant les nacelles limpides aux portuaires désinences où s'enfantent les hégémonies salvatrices,
Signifiantes de l'onde majeure éblouissant les rivages d'une aurore somptuaire où s'animent des armées vaillantes,
Contes des fortunes diverses par les astres et leurs devises embrasées, ici et là, dans la concaténation de leurs parures engendrées.

« Ô vastes sillons emprunts de l'étonnante pesanteur des engouements radieux exhumant leur diamantaire exigence offerte,
Délivrés des corvéables soupçons, de l'esclavage et de ses ruts, de ses innombrables afflictions oublieuses,
Et de la dignité et de sa majesté dont l'apaisement dévisage les clairs-obscurs pour leur rendre leur innocence. »

Sapience des alchimies broyant des métaux les
ultimes incandescences pour sculpter l'épée de la
victoire,
Témoignée par les fantastiques épreuves
développées et sanctifiées par toutes présences
rayonnées,
Dans le tumulte et l'invalidation de ce tumulte par
les fresques irradiants l'oriflamme des vainqueurs
par toutes gravures.

« Fanal d'écheveaux et d'arènes aux plages sablières
dont l'étoffe conjoint les sourires du jour, les alcôves
de la nuit,
Dans une tutelle affirmée délivrant le récit des
triomphes sur les sentes sans rus, les artères sans
fleuves, les globes sans mers,
Appropriant leurs mystères pour en générer l'eau
vive d'une naissance, masquée par les cils fermés de
l'insouciance.

Où l'ivraie se désintègre, par le Ponant au
crépuscule, relaxant les axes de l'indivisible
manifestation du créé,
Évaluation des orbes et des pulsations métriques
des contrées élevées devisant l'altitude de tous
cisèlements structurés,
Pour advenir dans une correction propice les
élémentaires parfums des routages des
macrocosmes et de leur multiplicité.

« Dans une construction indivise témoignant de la
canalisation des impulsions et des conformations
vers la puisatière stipulation,
Et de l'embrasement de sa vocation, et de
l'accomplissement de sa formalité, dans un
ravissement,
Dont les forges inscrivent par les notes mélodieuses
une architectonie sans failles ni déperditions, sans
limites délétères et surannées. »

Couronnement des âmes par les fluides ascensions
annonçant leurs ordonnances précises et concises
en toute viduité,
Innervant les pôles de champs de radiations
convexes et matricielles, courses vers le zénith,
pulsant,
Les étoiles, leur scintillement glorieux, vers leur
particularité pour les ouvrir à la pénétration
opérante.

« Des contrées, des sources, des siècles, des
computations, et dépassant ces carcans à la
maturité suprême et suave,
Prospectant le potentiel de tout être de se
développer indépendamment des aspects, des
structures, dans la parfaite énergie,
Dessein devin des sortilèges des routes mariales,
appelant à l'apothéose du tout connaissant impliqué
graduellement. »

V

Aux vagues d'éternité

Préséance des vocables des harmonies temporelles,
Se dressent aux apogées des blondeurs rebelles
Pour orienter la vague profonde, quiétude d'éternité
Aux marches des coralliennes adulations éveillées,
Libérant par leur serment de vaincre la soif vive
De la certitude parmi les souffles écrus où vivent
Les intemporalités et les caducées efflorescents
De monarques promptitudes par la voie au Levant
Effeuillant leurs devises pour en marbrer l'existant.

Dans l'évocation des allées embrasées mandatant leurs ornementations pour saillir des floralies astrales de clairs auspices,
Où s'en viennent les talismans des heures gréées par les espaces souverains, diaphanes et suaves, conquérants des œuvres,
Les unes tutélaires, les autres en supplication d'appartenance, les dernières en lutte intrépide pour recouvrir leur autonomie.

« Se présente la Liberté de vivre et d'essaimer, apurant le jugement de la vision symbolique des spéculations de la cristalline perpétuation,
Veille d'avant-veille des cycliques explorations aux embrasements distincts, voyant par les champs de guerre outranciers,
Les cimes éphémères de larvaire prostration, et les vertus dominantes en charge de toute espérance de terminaison éclose. »

Conte des armoiries les plus féeriques se sacrifiant naturellement, dans la perception de l'immortalité, pour veiller,
À la fécondité non des apparences mais du cœur palpitant la conception hors des contingences de lieu comme de temps,
Selon les fenaisons et les moissons de l'écume expressive et de ses frénésies et de ses compositions.

« Mémoire des sens aux fruits divins, alimentant la
délicatesse des arts et de leur fulgurant message
pressant à la prouesse,
À la détermination ne s'interrompant ni ne
s'affligeant devant l'improbable, l'impossibilité, ces
démonstrations à terme,
Ne se déployant dans la puissance du prodigieux
que pour inventer, hériter et bâtir des sommets sans
abris. »

Médiation des trajets du propos de royaumes ne
s'ensevelissant sous cette impermanence, mais
dépassant son seuil variable,
Pour forger les règles d'une victoire dans une geste
au flamboiement majeur, dessinant son augure
qualifiant,
Dans une prestance conférée du charisme le plus
puissant qui soit, advenant la forge de la puisatière
conquête agréée.

« Monarque fortune aux embellies marquant le pas
de chaque respire pour l'engager à la quiétude et ses
marques de beauté,
Dans la plénitude d'une représentation ne semant
seulement la réputation mais l'incantation sans
déception d'une aspiration,
Celle du legs imprescriptible entretenant les
orientations aux fluctuations de la nécessité et ses
collisions maturées. »

Hymne de la persévérance, induit par la distinction
granitée montrant son frais visage de source aux
ruisselets révélés,
Hâlant de paysages nocturnes les jubilations et les
alacrités aux nidations productives pour les susciter
au travailleur établissement,
D'une acclimatation les poussant sans dérive vers la
formalisation de leurs fermetés au gréement de
vaisseaux au potentiel aguerri.

« Ivoire du parfum des lames aux exhalaisons
tempétueuses couronnant de lys les plages en
majesté,
Confessions des livres des citadelles jadis
englouties, dorénavant révélées dans une parure
subtile,
Où se lit le souci d'une perfection à naviguer dans le
boisseau des cristaux et des essors matérialisant les
sphères. »

Tel un secret partage où la méditation ne se perd,
mais au contraire affine sa densité pour en éclairer
les rives,
Denses, propagées et prestigieuses, où l'existence
culmine ses passementeries de vestales harmonies
transparentes,
Appropriant les rites pour les surseoir, les ciseler
puis les voir régularisés dans un hommage
somptueux et fastueux.

« Immersion aux époques propitiatoires assignant
leurs oriflammes par toutes enceintes du Vivant des
Pléiades azurées,
Où le Verbe, enseigne, revêtu de l'armure
épithéliale, témoigne, dans l'allégresse, pour la
parturition des mondes affranchis,
Libres épures des cinabres devisant dans une
envolée d'onyx les usages de la saine éloquence et
de son vœu. »

Signe aux deltas sinueux des hyperboles guidant
vers les gravures édéniques dont les phares
instruisent,
La chevauchée des nefs opalescentes pour les mener
vers les sables d'or où un front inaltéré érige le
firmament d'une épopée,
Instance de la citadelle échue aux contreforts des
saisons de la conscience de l'imaginal, dans une
élocution assagie.

« Liant la fortune des armes à la levée des aubes et
de leurs talismaniques propriétés sur les fragrances
océaniques,
Délivrées des fosses maritimes et de leurs
écheveaux de moires aisances où bruissent les
temporelles vacuités,
Afin d'irradier l'abondance et ses sagacités précises
orientant l'aristocrate condition de l'Être en son
engagement conjugué. »

Opérande aux semis des éclisses achevées signifiant de ses draperies les camaïeux des lyres festives et subjuguées,
Charmant le paysage natif de réverbérations culminant les secrets les mieux gardés dans une efflorescence intime,
Où le jeu des diamantaires constructions illuminées s'épanche pour initier les rêves à la pluviosité cosmique.

« Étreinte des persistances nouvelles par le tamis des permanences aux trépidantes conjonctions s'ébrouant des lacis d'hier,
Pour s'abreuver à la perpétuelle demeure où se garde le sanctuaire, ses féeries aux navigations sublimes et éthérées,
Où se dirigent les regards pour observer l'idéal et en façonner l'omniscience monumentale dans un assaut fertile d'ovation. »

Clameur des concentrations sur les criques poudroyées de fêtes sans la moindre ignorance du passé, actualisé et signifié,
Voyageant vers les ruisseaux féconds où se désaltèrent les multiplicités pour gravir les pentes de l'éblouissante audace,
Ornementée de ses chœurs les plus téméraires et les plus audacieux dans une architectonie merveilleuse.

« Salut des zéniths conférés travaillant au succès discrétionnaire évanouissant les empruntes délétères et surannées,
Des marges inconsolées, aux hématites pénitentes de fragrances éperdues dans la villégiature des arrêtés sans écho,
Ces cadences assistées se perdant dans les labyrinthes des brumes opiacées où siègent l'irresponsabilité et ses académies abusées. »

Décimant les plus mirifiques prairies, les plus
farouches forêts, les plus vives phosphorescences
des mers louées,
Compromettant les corps, les esprits et les âmes, de
leur unité symbiotique et de leur ordonnancement
systémique,
Pour de pauvres litanies, égarées en ce moment
d'opale où l'éclisse ne se fige mais construit et
apprivoise.

« Dans le chant et par son chœur, mouvement de
toute intensité lavant à grande eau les périls et
leurs dessilles mineurs,
Délaissant à l'argile les immodestes ascendances de
leur lie et de leurs surgeons prostrés et statiques
dans l'errance,
Ignorant l'invective de leurs lubricités ainsi que
leurs venins caducs épousant la pierre plutôt que
l'Énergie salvatrice. »

Prisme d'un égrégore mesurant les diachronies,
leurs festifs engouements aux arborescences
fragiles,
Palliant en leur sein les défauts nés du scepticisme
et de ses ondoyants recouvrements s'innervant dans
l'arrêt intempestif,
Et fatal de toute renaissance et de toute attraction
dont les essences mêmes se distillent dans l'agir
invulnérable.

« Sans contraintes aux libations des odes où
s'enchaînent de chorales alliances accueillant les
aspirations,
Pour les gérer dans la volonté énergique et
prééminente de la tonicité majeure dynamisant ses
félicités par les douves de l'harmonie,
De ses sépales et pétales aux effluves odorants la
permanence et la transcendance en ses voisinages
de nativité exonde. »

Course par les Îles en préaux, les calices et les rubis
des sites dessinés par les héritages alimentés par
l'appropriation sereine,
Et de l'équité et de la juvénile tendance au
dépassement des démarcations et de leurs
effeuillements matriciels,
Dans la correspondance des âges fertilisant les
suavités des consonances gracieuses de la clémente
splendeur.

« Par le frisson des vents et les altières concrétions solaires, embrasement de cathédrales de porphyres et de jades,
Éperons de temples à Midi à l'orpiment dilué dans les venelles marbrières des schistes aventureux et féconds,
Où les laves glissent des éclats d'obsidienne, des fenaisons de sel et dans la portée d'un mot, leur fluviale embellie. »

Celle de l'ambre en ses récoltes, devise de la pérenne sollicitude déversant dans des ensemencements de sourires amants,
Les privilèges les plus nobles, dans la légèreté aux vagues purpurines, courtisées, les mystères estimés et immaculés,
Des geysers jaillissants de leurs châsses, les pages consignées de la création et de ses affections prononcées. »

« De l'éloge, les anses de la bonté, les couleurs de l'absolue pondération agissant les limbes aux feux grisés,
De nectars, les fugues de futaies aux indiscrétions malléables, de flores, les prémisses diluviennes et habiles,
Délivrant des peines et des soupirs les facondes vacillantes pour les mener vers des paysages splendides où se meut le zénith. »

Formalité des pensées de la nue aux ivresses créatives appareillant vers les sursis de l'origine, les parousies journalières,
Leurs vêtures sacrales inondant de lumière les apparats, leurs forges, et leur grandeur ourlée d'incandescence,
Où, subtil, se tient l'apogée dans ses couronnements et ses gratifications élémentaires et vivaces.

« Témoignage de ses fastes par les hiérarchies bâties
de pyramides d'obsidienne dont les reflets révèlent
les palpitations,
Et du tout et de ses lœss, vivifiant la croissance de
l'activité éternelle et singulière de chaque Être,
parcours d'autrui,
Dans la lucidité universelle de l'harmonie moniale
de chaque ruche ou de chaque existant par les
temporalités initiées. »

Enseignement de la distinction seyant à toute
autorité de l'Être sur lui-même, des Êtres sur eux-
mêmes, dans l'exhaustif agencement,
De toutes axiomatisations par les nuées galactiques
aux gravitations spatio-temporelles, où la
fulgurance est efficience,
Dans le sens commun recevant en son séjour
acclimaté, la pérennité développée dans une
symbiose couronnée.

« Honneur des cils de l'aptitude et de ses mobiles acclamés, carnèles des ouvrages bâtis et à bâtir par les chemins nuptiaux,
Où se tiennent des variations de cinabre manœuvrant vers le périgée des solstices adamantins et leurs latitudes moirées,
Ici alliant les marnes, tourmalines et orichalques, dans un seuil ouvert sur la densité éclose de monades suprêmes. »

Pages effeuillées d'une apologie où le temps n'a plus d'intérêt, tant ses principes sont dilués dans l'exécution et son état,
Ses perfections amovibles ou, indivises, les barques argentines brillent d'un reflet cuivré par les strophes,
Épousant les manuscrits des idéaux constructifs et civilisateurs où ne sauraient se perdre le souffle et ses théurgies révélées.

« De symboles enceints aux fruits de l'aurore et de leurs talismaniques aptitudes gréant les pluralités effervescentes,
Des rimes antiques aux laves de porphyre exultant d'arkose les gypses aux boucles de pegmatites où l'ivoire interprète,
Monumental en ses accents, ne craignant ni la soif des aridités, ni la raréfaction de l'éther par les sommets puisatiers. »

Parce que maîtrise de toute souche et de tout sommet par les comètes granitées, contemplées et adulées,
Libre assaut des roulis fomentés et grées par la novation se dévoilant dans des formations aux pilastres efflorés,
Dans une joie où s'alimentent les volitions fluides et magistrales de toute connaissance de culture induite.

« Aux routes esquissées par les plaines de basalte, les engouements de turquoises et tourmalines iridescentes,
Par le panache des semailles des effusions volcaniques aux fumigations odorantes arrimant de fumerolles bleuâtres,
Les calcinations prenant mesure des végétations à éclore dans un ensemencement grandiose où les soleils confèrent une intelligence. »

Déploiement sans abri par les luxurieuses mémoires ataviques des sylves bordées de serpentines et du sel gemme,
Irisant la fragrance des flots charriant sphalérite, tourmaline et zéolites dans des chuchotements édéniques et superbes,
Conte de la vierge renommée se défaisant de ses espérances pour poindre à la fécondité de l'accomplissement et de ses mélodies.

« De vifs gréements sifflant dans les airs les volubiles sérénades honorant les terres thuriféraires,
Empressées d'algues en ruisseaux, aux mélodies impassibles abreuvant nénuphars et quintefeuille de pensées sauvages,
Hardiesse des sélénites aux formes variées exsudant des fougues de la tourbe le limon agraire de la fertilité. »

Promontoire inspiré aux épanchements irradiant les paupières écloses des enfants natifs à la Vie fulgurante,
Achevant la mise en place de ses règnes opalins et francs délibérant la parabole de l'initiable sortilège correspondant,
Par tous écrins liminaires de la perception et de l'interception de toute concrétisation de la formalisation énergétique.

« Levain par les myriades constellées aux quotités infinies agréant les domaines multipliés, conjoints d'un bâti,
Lui-même d'une opulence sans bornes conjuguant en ses puissances les droits exhaustifs dirigeant l'animé,
Vers sa réalité céleste, destituant les naufrages, les acclimatations déchues, et les gerbes ténébreuses affligées. »

Une véracité dévisagée, sans prosternation,
accueillie et conjuguée dans la prêtrise de l'altérité
et de ses confidences,
Dénouant sur l'horizon les pistes à même de remplir
les charges communes des officiants et de leurs
novices apprentis,
Hérauts de hauts faits, de vastes tableaux, aux
ondes significatives par les flux érodant les
statismes enracinés.

« Quais délaissés devant les départs ou les arrivées
des nacelles d'albâtre et de corail, perçant les
ténèbres et leurs rites,
Pour de cales moissonnées nourrir les écumes de
ces côtes drapées non plus dans une vanité
éphémère,
Mais dans la joliesse des libelles situant les Alizés et
leurs courants commis par des rondes éternelles et
sériées. »

Celles de ces brandons d'arc-en-ciel magnifiant la
profusion des cosmogonies, rencontre de sérail aux
conduites amènes,
Initiant de voyages en voyages les normes faisant
reculer la matière pour laisser pénétrer la pure
énergie et son champ,
Leur rayonnement frémissant dont les
pérégrinations permettent de joindre toutes
dimensions des éthers créés.

« Par les amplitudes aux potentiels en éveil
conservant, gardiens inexpugnables, les clés de
toute manifestation,
Démonstrative, agréée et située afin d'en advenir les
verbes par les citadelles les plus perdues, les plus
infimes poussières d'étoiles,
Orbitant des pitons houleux ou désertiques,
nécessaires à la progression de l'existence par-delà
les éclipses chaotiques. »

Un néant en veille guerrière, martelant ses
attroupements jusqu'aux frontières les plus ténus
pour tenter d'en sombrer les extrémités,
Les dépasser et ainsi broyer l'aptitude à l'avantage
de l'incertitude, de l'incapacité dont la génération
endeuille toute éternité,
Lorsqu'elle s'efforce et franchit les failles
systémiques encourageant au reniement de toute
limite par toute promptitude.

« Désinence invariable louvoyant dans des assauts
l'inconnu et ses passementeries diurnes et
nocturnes,
Dont la célérité oriente le débat, l'inscrit dans le
rescrit de la résolution et de ses efforts constants et
précautionneux,
Acceptant de taire les étreintes contraires, les
adventives péréquations de la virtualité et de ses
élaborations lamentables. »

Correction de toute retenue aux empyrées par les
apogées enseignés dispensant leur stature
d'immortalité,
Estampe aux évanescences écalant de leurs
phasmes les incongruités d'un destin et la chute
d'un avenir,
Bannis par l'onde maîtresse de l'Esprit prévenant
leurs scories pour abriter le présent et l'affiner dans
le futur.

« Sursis des odes et des antiennes éblouissant les rivages naissants et à féconder, participant activement à ceux électifs,
Devisant dans la geste impériale leur consécration dans un serment ne se mêlant aux guenilles anémiées et perfides,
Mais instruisant leur épée de cristal pour forger dans l'azur le sceau d'une appropriation majeure, étincelante et sublime. »

Parturition des multitudes et association de leurs matriciels essors, dont l'Espace s'emplit pour conter l'orbe,
La pluviosité et l'essence même, pour animer leur chœur à la réverbération de la divinité et de ses florilèges,
En conscience imperturbable, habitée de l'humilité la plus noble, pour en participer les atticismes aux vivacités profondes.

« Mystère des incantations aux genèses innervées de ravissements et de merveilles, fêtes de la rayonnante appréciation,
Et des arcanes les plus prompts, et des académies les plus aristocratiques, ciselant le salut de la révélation libérée,
Et de ses effluves ensemençant les fiefs de leurs solennités sacrées dans l'éloquence d'un vœu magistral. »

Irisé par la collecte des tutélaires offrandes, des généreuses ovations, des salutaires décisions épousées,
Négociant la route à suivre, malgré les méandres, les incarnats, les côtes douteuses et leurs brumes exprimées,
Essaims des littoraux amers ou dénudés, interminablement en lice des combats les plus salvateurs et les plus avisés par l'onde éclairée.

« Assignée aux lacs des prairies aux blondeurs safranées où les oiseaux-lyres étanchent leur soif et apaisent leur faim,
Dans les fluviales continuités des œillets d'or et des glaïeuls enlacés de myosotis et de perle d'eaux nacrées de rêve,
Miroirs de l'ébène, des ardeurs mystiques et convoitées par les chênes et les sylves en leurs atours étonnants. »

Conte des floralies d'un printemps précoce dont la nature féconde embrase tous les moments des cycles effacés,
Pour d'une raison suave développer ses élans fertiles par ces rus de la nue où s'évadent dans un secret vertueux,
Les verdeurs adamantines des calices émerveillés consumant la nuit pour les offrir à la clarté souveraine et somptueuse.

« Lyre de rétrospective où s'entendent les chorales les plus angéliques clamant des sonorités exondes dans de symphoniques couleurs,
Balbutiement des ruisseaux et confrontation des fleuves aux sourds tambours de bronze accompagnant la mélodie,
Et des règles, et des volontés, dressées vers la comète du matin pour notifier l'épure en sa parure et son écrin libéré. »

D'extatique envergure dont les mânes répètent les refrains par les aménagements les plus vifs afin d'éclore leur visitation,
Ici, là, dans une nidation aguerrie où, altruiste, palpite une saison nouvelle à entreprendre, conjuguer et révérer,
Pour attraire le signe de toute félicité au milieu des membres des peuplades accentuant leur réflexion vers l'Éternité.

« Des haleurs de l'aube marquée du crépuscule le plus doux, fortifiant la proportion caractérisant les préceptes,
Dans un courage ordinaire civilisant toute sphère par les transes des thaumaturgies échues se dévisageant,
Et déjà se reconnaissant dans la simple attraction motivant leur summum par les emprises achevées et prospérées. »

D'où le silence ne surgit, puisque dans la plénitude
l'annonce s'y fait triomphe, ne se désordonne ni ne
se délie
De l'imperturbable liaison façonnant de lactescences
les esquifs portuaires et d'éloges le sentier
diamantaire,
Propulsant la navigation par les temporalités pour
en propager, outre les démarches, les alignements
symbiotiques.

« Dans une attitude, dont le respect intégral se
perçoit par toute plaine et toute cime, car dépassant
les carcans de la faiblesse,
Elle hisse avec une dextérité chromatique, dans une
catharsis, l'élévation individuelle et générée vers les
plus nobles songes,
Bâtisseurs d'oratoires à Midi où ne se sursoient les
prières pour s'instruire de la rémanence induisant
le cycle pérenne.

Exaltante préhension des ascendances en leurs spicilèges les plus devisés, où s'éploient les opales de l'été embelli,
Dans des semis de laves à profusion ensemençant des alcôves de bruyères et de mousses bleuies par l'extase radieuse,
Camaïeux de suites aux volages complétions se hissant dans la fortune du zénith pour parachever le déterminant.

« Mage exubérance des perfectibles ciselures s'ouvrant sur l'euphorie et ses évocations au votif témoignage,
Qu'assistent les sages en leurs vigilances prononcées de sentences désignant les commandements de l'incessant sevrage,
Des rencontres sans errances, sans niaises convoitises, toutes d'un lieu commun adulant la mesure de l'éminence d'un partage. »

Et dans le sol conquis, par l'envergure intime, et dans la perfection des demeures et des âges, où la parousie,
Dessine ses oriflammes, réciproquement assemblées dans la coordination d'un dessein courageux et révélé,
Orientant, dans la mesure, leur volume dans des actions authentiques des plus téméraires et des plus fougueuses.

« Vibration des forteresses sous les vents de l'ambre et de ses ramures d'arc-en-ciel, dont les schistes étincellent l'excitation,
D'une innocence comblée, disposition d'une fierté annonçant ses arborescences et ses trépidantes maturations,
Où l'onde perçoit la grandeur, l'honneur, la suavité précoce d'une renommée saillant les multitudes d'une apothéose visitée. »

Dans ces ruissellements et ces suintements des cabotages solidaires éprouvant les eaux où les cieux, acclimatés,
Réfractés dans des environnements en communion aux échanges propices tressant leurs dons, antérieurement épiques contemplations,
Afin de ressourcer les viduités et les ennoblir d'une éducation supérieure où l'œuvre indéfiniment construit.

« Tandis que la constance s'établit par les cités naguère encore ceinturées de feux et de glaciales intempérances,
Ce jour ouvertes sur l'immensité pour accomplir, désigner, bâtir les puisatières conditions du respire et de ses forges,
Dans une altière conception où chacun se livre et se délivre des exhalaisons embaumées pour ruisseler la sève du vivant. »

La parfaire, la préparer à l'élévation, à la reconnaissance des conjointes supputations, des ultimes opérations,
Marchant mutuellement vers le dépassement des illuminations pour s'ébattre avec vivacité dans l'idéale maturité,
Relevant par tous maintiens et toutes croissances le défi d'assainir les doctrines encourageant à la pérennité salvatrice.

« Mélodieuse adaptation des recherches, des ascendances, des maîtrises dorénavant ne s'espaçant dans les limbes,
Mais s'assistant mutuellement pour harmoniser la démonstration de la beauté et de ses auspices les plus appariés,
Afin de surgir hors des labyrinthes et de leurs connotations inféodées, sans renommée, sans maxime, sans espoir communié. »

Éclore et perdurer dans la préciosité et l'élégance d'une régularité où se reflètent, explicites, les variables agencées,
D'une organisation sans failles, où toutes et tous se déterminent pour officier l'avenir sans le moindre doute ni la plus petite interrogation,
Sinon ceux nés de leur capacité constamment ciselée pour induire le cheminement de la multitude et de sa postérité.

« Iridescence de la gloire navigante où l'ivoire est un parfum aux baumes d'espérance, embrasant toutes représentations,
Dans une allégorie grandiose dont l'architectonie virevolte de gréements en gréements l'égide de la Paix,
Ornementation nuptiale et conquise où l'essence ne se contrevient mais s'épanouit par toutes berges attendues et comblées. »

Clameur des cils à mi nu par les senteurs d'une phrase de prestance dont les symphonies répondent l'écho princier,
Où les ondes répercutent la proclamation désirée de l'harmonieuse splendeur atteinte et révérée par les multiplicités,
Embrasées par l'élan profitable de l'atticisme visitant les fronts généreux et inaltérés d'une alacrité sereine et superbe.

« Émotion de vive frondaison aux fastes nacrant les flavescences des prés altiers, des forêts multimillénaires,
Et des chaumes s'espaçant au gré des fleuves sauvages sous les transes des idylles aux fenaisons solsticiales,
Devises des siècles dont le blizzard permute d'agraires fécondités dans l'astre de la conjonction formelle régulière. »

Attestation des roseraies ardentes des jardins féeriques alimentant les rengaines de la perpétuation des actes et des joies,
Émondant les dispositions anachroniques pour persévérer l'instant dominant la précarité, le paupérisme,
Et leurs vacuités dont hier parlait dans les sentes concaves, les abîmes intarissables, les fosses de l'oubli enseignées.

« Tous rescrits égarés disparaissant devant les faunes soignées et parées, les fruits semés, les blés germés,
Dans le limon, la tourbe, l'élément des glaises nourricières œuvrant des latitudes de répons aux cœurs assoiffés,
Affamés et unis par la prouesse de l'espoir se dévêtant de ses oripeaux pour susciter une consolation sans soupçon. »

Inscrite dans la monade des localisations précisant les chemins parcourus et restant à parcourir dans l'équité de la conquête,
Se soustrayant de la matérialité abrupte pour la fondre dans l'énergie suprême, où s'élèvent les procréations,
Facilitant, en fonction de leur forme, ainsi que de leurs constructions minérales ou énergétiques, le parcours de l'existence.

« Fortifications d'éden et surgissement de pierreries ruisselant les fanes sans absence de l'illumination diaphane,
Appelant de ses vœux la caresse d'une attention, la douceur d'un abri, la tendresse éclose d'un rayonnement puisatier,
Où s'actualisent les étreintes de la magistrale détermination des Êtres, invariablement assumant leur éternité. »

Dans un Verbe au vase d'or où les affinités découlent des embrasements et de créatives volitions,
Concordant les situations et les temps, dans une réminiscence appelant à se propulser par-delà la servitude,
D'un Univers à l'autre, sans souci de la matérialisation, continûment retrouvée car éponyme de toute gravitation.

« Acclamation des rites et des rythmes advenant la contribution à toutes diaphanéités par la Voie en toutes atmosphères unies,
À la propriété ineffable d'un Empire sans limite développant ses arcanes par toutes endurances constantes,
Dans le respect de toutes formes par toutes formes, dans une dextérité magistrale concevant toute pénétration de la nécessité. »

Message par les couronnements indicibles, les
conjugaisons épithéliales et leurs demeures natives
de fluviaux hydromels,
Des brises au crépuscule par les dynasties
assignant le dépassement de tout un chacun dans
une fluidité,
Novatrice, éclairée et participe de toute destinée
telles ces vagues éclairant l'Éternité, immenses et
Impériales.

« Des perspectives Océaniques et des mers astrales
aux équipages flamboyant la droiture de l'exaltant
sevrage,
Brandissant le pavois de l'unitaire emprise par les
postulats des portulans enivrant chaque écrin des
apparences,
Afin de fonder l'être en leur comptoir, par les
falaises de calcaire aux sables d'adamantines
amphiboles ouatées. »

Gloire de la présence éternelle aux reflets coralliens
et votifs où s'épanchent les Sages pour renouveler la
notoriété,
Parfois dissipée, parfois embrumée, régulièrement
retrouvée au-delà des mystères et de leurs
désinences opaques,
Afin de nantir le secret à la rectitude majestueuse
orientant l'agir des hymnes engendrés et par la
pensée et par l'imaginal.

« Visitation de l'Aigle intrépide, du Circaète victorieux, en lice des oiseaux-lyres aux antiennes affables et mélodieuses,
Dessinant par les mondes les trames légères, suaves et appelées, espérées et contemplées, agit et fertilisés,
Dans une houle confortant toute composition afin d'ensemencer les routes par les pacages les plus nobles ou les plus obscurs. »

Dessein au chatoiement résistant édulcorant les fauves allégeances, concrétisant les prééminentes éloquences,
Attisant les ferments de l'impassible autorité, prononciation de l'évolution conjointe, veillant à l'accomplissement,
De la virginale sublimité en toute ordonnance, gravie, éblouie, ordinairement en phase avec les appréciations aliénant toute rétention.

« Sans refuge, sans dénégation, sans tromperie, sans cruauté, sans barbarie, sans ces venins incrustés du paraître épanché,
Parce que de la Lumière l'attention impérieuse foudroyant leurs crachins malsains, leurs aspirations fétides, leurs convoitises stupides,
Son regard d'acier prenant la mesure de l'horizon, de ses certitudes, de ses expositions aux agencements féconds. »

Astreint de l'origine au crépuscule, dans les ressacs diurnes et nocturnes à la pérennisation de toute aventure menée,
Initiée et attendue par les contrées, fussent-elles délétères ou consumées, fussent-elles sans révélations ni sursis,
Puisqu'en toute leur strate se conservent les configurations adéquates signifiant l'essor et ses constantes mémorables.

« Conscience s'éveillant à la surconscience, dans un apprentissage ignorant les tentatives de taire ses fonctions,
D'éteindre ses transparences, de par la rémanence, assidûment acclimatée et souveraine malgré les dénis,
Et les enchâssements, induite et innée inclinant chaque Être à accueillir, malgré le silence, le fluide de sa tonicité. »

Où se manifeste le Un en Tout et le Tout en Un dans l'équilibre, la sapience antédiluvienne instituant sa volonté,
Sa luisance, conduisant vers les souches dernières par le don du partage et de ses conséquences prévisibles,
Se débarrassant de toutes scories aux masques recherchant à l'emprisonner dans l'affliction et ses rets.

VI

De splendeurs animées

Par les Cités ruisselant de vie aux règnes civilisés
S'enhardissent les arborescences des suavités,
Prononçant, habiles, le nectar des rêves à portée,
Libre de l'essaim des ramures incertaines et ployées.
Conte de toute nature en deçà des viles frivolités,
De leurs ardeurs aux marges d'or consumées,
Et de leur voie, pétale de cours embrumées,
Où s'en vient, métaphore de mœurs désœuvrées.
Toute opacité disparaissant dans la clarté.

« Aube sous le vent dans la promesse des plus sublimes luminosités inondant de fulgurance les prairies enfantées et sinuées,
D'orgueilleuses possessions de flores adventices aux fragrances résonnant de sonorités talismaniques et exquises,
Préaux des encorbellements des nidations précoces où se baignent les diffractions des lacs éphémères engendrés. »

Sépale des moissons dans la nacre roulant ses monarques attitudes par le souffle des terres nourries et fières,
Prenant, fermes, les faveurs des saisons nouvelles pour en agencer l'écume des blondeurs de l'innocence parfaite,
Et en instruire les fenaisons de supérieures ciselures aux fresques suspendant dans l'éther le caractère d'une renommée.

« Décence des heures écoulées aux galops fougueux des dryades ivres de joie et de limpidité solaire, foulant les canaux de sphalèrite,
Dans une gerbe de tourmaline s'épuisant sur le granit des abbatiales satisfaisant à la pluviosité d'une roseraie ardente,
Où, mêlés, se retrouvent les connaisseurs du cristal et de ses respires aux inspirations natives les plus vitales. »

Coordonnant des déploiements aux parfums des
brumes irisées, enlacées, téméraires, conjuguées et
déifiées,
Dont les mânes dans le berceau des âges dictent la
pensée sans refuge, le verbe sans oubli, la rime sans
silence,
Dans une architectonie merveilleuse où s'ébrouent
les cils des ferveurs aux adages glorieux par les
terroirs.

« Des précieuses recommandations l'embellie ne
fuyant et ne s'estompant mais parcourant de forts
en castels,
Les esprits évoqués et plus, rebelles, non pour les
usurper, mais les établir dans une reconnaissance
inaltérée,
Affluant la pérennité, ses devises, ses envoûtements
et ses magnificences composées, en lieu et place de
contraintes. »

Toutes ornementations recouvrant, capitales, les
monades avisées traversant la lumière pour épouser
le génie,
Et de la continuité de l'œuvre et de sa patience,
dans une intense péréquation où se joignent les
activités majeures,
Hâlant de leurs sentes bruyantes les perfectibles
conjonctions dirigeant vers les cimes en délaissant
les abîmes.

« Constance aux glèbes antiques des provinces
authentiques par les randonnées inouïes effeuillant
les spéculations mobiles,
Non pour les complaire mais les surgir dans le réel
et iriser leurs oriflammes sur toutes pentes en
instance d'assomption,
Dans un effort de discernement, dans une condition
marquant les limites de l'espérance mais aussi des
convoitises indues. »

Surconscience du propos aux émérites droitures
nourrissant dans les incarnats des prunelles
ouvertes sur la parturition des mondes,
Leur exacte évolution issue de leur source la plus
affine et la plus à même de parfaire à la raison de la
phase fabuleuse,
Ambroisie et catalyse des pouvoirs surgis du néant
et ensevelissant leurs noctambules allégeances pour
enfin être.

« Être avec les sylves combattantes, au milieu des
précisions des péremptions les plus intelligibles
commises par les astres,
Au-delà des inventaires inopérants dont les
ajournements découvrent les signes constellés de la
mémoire œuvrant à sa délivrance,
Naturant cette entreprise dans les exigences
omnipotentes se répandant là où s'appréhende le
tourbillon de l'Épopée. »

Constituée de l'immensité et de ses gravures, de ses
festifs spectacles et de ses sarments acclamés et
enchantés,
Haute vague dans le frisson des Alizés accueillant le
triomphe et ses séductions les plus denses et les
plus azurées,
Parmi les foules baptisées, clairvoyance de leur
appartenance à ce flot vivant, profond et perfectible
s'élevant dans les cieux.

« Parcours des formidables énergies provoquant le
chaos pour le destituer de ses profanes incantations
oisives et statiques,
Innerver en son délaissement les gradations de la
persistante aventure ne se lassant dans les lambris
des déshérences,
Mais préférant l'héroïsme d'un chemin vivace, fut-il
des plus courroucé, pour s'éployer dans les éthers
les plus sublimes. »

Tourbillonnant la fertile ascension des nefs de corail
par les bourrasques des réflexions irradiant la
perception des monades distillées,
Débordant les enchevêtrements des tourbes
endeuillées pour clarifier la destinée et ses
caractéristiques fécondes et agencées,
Dévoilant l'écrin d'un arôme aux lys épanchements
dont les finalités exhaustives accomplissent les
parousies.

« Situant des lactescentes dimensions les éclats et les lambris des jours et des nuits dans une promotion native,
Où surgit le feu dont la cendre s'envole vers des pics où le disthène phosphorescent exprime une mélodie insoupçonnée,
Ivre des langages dévolus dont les prismes ardents se rencontrent vecteurs de toutes maturations des ondes réverbérées. »

Souci des armes et des voix spoliant les caprices et les tourments des hôtes sympathisants des zélateurs,
Aux bruines labiales et aux vêtures disgracieuses et maladives errant sur des landes ventées et assombries,
Où la sécularité ne bruit mais lentement, dans l'inquiétude, découvre la léthargie et ses phares parodiques.

« Futaies déchues devant les échéances majestueuses dédaignant la corruption pour la virginité de la somptuosité,
De ses suites, de ses marches et de ses voliges appareillant dans la nue gracieuse d'un moment de purification,
Corrélation de toute visitation par les clémences palpitant l'intelligence, ses prouesses, ses endurances nobles et situées. »

Accentuant interminablement leurs remparts désœuvrés devant les abstractions et leurs querelles, leurs ambitions,
Mais aussi leurs dysfonctions, ne trouvant mesure dans le sérail évanouissant leur tragédie pour installer présentes,
Les racines de la glorification appelant les exaltations suprêmes souscrivant à l'évanescence de leurs gémissements.

« Où s'inscrivent la plénitude et ses accomplissements, ses marques distinctes irisant le marbre et le schiste, le jade et le quartz,
Afin qu'ils reflètent la progression grandiose ne se noyant dans les eaux les plus vives et les plus agitées, tant sa vitalité,
Dépassant leurs semences ingrates et vénales, leur sort diachronique dévisagé, ans une hardiesse altière. »

Appariant ses festifs lustres, ses bannes diaphanes, dans des voiles de satin perçant le cours des quintessences,
Pour remettre au zénith la véracité d'une aubade sans astreinte libérant la gemme sonore de ses mélodies par toutes faces,
Afin d'en révéler les motifs évacuant les impropriétés dans les moires aisances de leur firmament votif.

« Nuptiale désinence par les horizons embrasés par
la félicité et ses renoms aux équipages diaprés de
rêves et de songes,
Socs attendant leur semence pour aviver dans une
fécondité magistrale le devenir et ses lendemains à
germer,
Ses amorces mystiques ainsi que ses transes
naturelles, vivifiant la levée des soleils par tout
espace reconnu. »

Insignes aux fronts d'Or, portuaires des routes
essaimées galactiques, désignant les draperies de la
loquacité,
À vêtir, par-delà les bruissements familiers, les
cargaisons enseignes et les florales demeures
ancestrales,
Du levain de l'harmonie en ses abondances, ses
couronnements, ses principes, dans l'élégance des
temps pérennes.

« Dont l'ouvrage apure les mantisses gouvernées,
ces contractions d'ordres assumés aux éclatantes
candeurs épousées,
Désormais dans la complexité des valeurs sinuant
l'adroite concision réalisant l'unité dans ses
multiples convenances,
Ses formalisations, son organisation, ses structures
assainies, livrées de la réverbération de toute
civilisation affirmée. »

Engendrement en majesté des ornementations
fractales délivrant la moisson des navigations
messagères,
Incitant les générations à leur épithéliale randonnée
selon les nombres, les formes, les couleurs et les
saveurs,
Pour reconnaître jusqu'aux archipels les plus
lointains la permanence sur l'impermanence, de
l'Énergie immaculée et rayonnante.

« Tonicité visitée, de fêtes et de bonheurs délibérés
dans les temples les plus hardis, dont l'agora
interroge,
Apprécie, délibère, jamais ne parodie, encore moins
ne désintègre les fruits de l'authenticité et de leurs
sens avisés,
Permettant aux regards conquérants, scrutant
l'avenir dans une complémentaire ovation, d'accéder
à la nuptialité cosmique. »

Celle conduisant leurs empyrées vers ses Océans les
plus prestigieux, abandonnant les affrontements
glauques et stériles,
Les clameurs nubiles, les charmes trompeurs de la
vacuité où se perd l'idéal pour se flétrir, s'anémier et
se dissoudre,
Son inexpugnable vision ne s'adressant à la lie mais
à l'aristocrate détermination innée en chaque Être
par ses domaines d'application.

« Dont chaque faculté dynastique cristallise les
argentines constellations dans le cœur d'une
réalisation et d'un sacre,
Où la sagacité est empire, en conseil de l'Imaginal,
et où leurs vertus communes ne se querellent mais
se répondent,
Pour avancer, officier, sans interruption, sans
fausseté ni la moindre lâcheté, sans prise devant
leur réverbération somptuaire. »

Car solsticiale aventure aux alliances glorieuses
disciplinant leurs symphoniques attirances dans
des flux sans absence,
Susurrements des cascades instaurant des
renaissances dans de fécondes transitions vers la
décente prolixité acclamée,
Dont les sujets distincts s'assemblent pour façonner
le respire de toute réflexion par les étreintes de
rayons adventices.

« Surconscience aux gravitations hégémoniques,
comprises et répercutées de l'infime poussière
d'étoile,
Aux novæ mesurées par les Pléiades constituées et
constituantes de leur agrément et de leur
concordance,
Dessinant par les multi-univers la croissance à
atteindre tendant vers l'éternité et ses fenaisons de
brûlantes phosphorescences. »

Où connaissant et impétrants cisèlent les agencements, accueillent les suggestions, développent le prestige,
Pour glorifier les Êtres dans leurs actions multipliées, impériales et toutes-puissantes dans l'appréciation,
De la qualité de l'évolutive prospérité advenant dans la réalité la volonté de l'animé en ses essors conquérants.

« Sans ombrage des attentes des convoitises, sans préméditations du profit individuel, mais de celui du généré,
Dans une résolution adaptée méprisant le superfétatoire, ses colonies hier nichées dans la vacance orientée,
Tout sans issue devant les fastes épanchés dont la figuration montre la voûte étoilée délaissant ses frimas. »

Des Mages les rives opalines, des Sages les éminences épousées, des Guerriers les essences gardiennes de l'inaltérable,
Et dans le ruissellement d'eaux ardentes de leurs gréements effigie salvatrice situant les usages électifs,
Des conseils les expressions aux répons en accord définissant l'architecture ultime et mouvante de sa formation.

« Où les arômes se conjoignent pour s'emparer de l'épopée, la culminer et également la dépasser, dans un exploit,
Impérieux, intégrant les substrats signifiés pour renouer avec le fil intime du Signifiant, et ce en adéquation,
Avec la majeure exigence de la volition conquérante, dont les mélodieuses intuitions dépassent les arcanes des éventails surannés. »

Cristaux allégoriques recevant des périodes les embellissements, des envergures les distinctions, toutes acclamées par les brasiers divinisés,
Statuant en leur sein la promptitude de la vaillance, la candeur mais aussi la science et l'art de toute réalisation,
Où le percipient procède à l'évaluation d'une impérissable embrasure, convection des ruissellements et de leurs vitalités.

« Éclairant chaque protectorat de leurs danses coralliennes, reconnues, déjà lices de l'élégance magistrale,
Se fêtant dans les prieurés, aux abris les plus humbles ou les plus couronnés, pour offrir à la clairvoyance,
L'étendue des sillons parcourus, l'agrégation de leurs Peuples, de toutes ces Vies hâlant le sortilège du devenir. »

Dans une commune alacrité, une vigueur pour certains renouvelée, pour d'autres accomplie, pour les derniers,
Officiance rejoignant les accents de la maîtrise et de ses déploiements attisant les distractions des décombres,
Afin de les métamorphoser dans une motivation novatrice, facilitant leur gréement dans la Voie, par la Voie et pour la Voie sanctifiée.

« Dans une concentration ne s'attachant
confusément aux sirènes mélancoliques de
l'isolement, aux défis de la virtualité,
Toutes ces diachronies aux sépales invariants
manœuvrant vers l'incertitude et ses constantes,
toutes revêtant l'abîme,
Cette fosse de l'oubli où tant et tant de civilisations
se sont laissées dépérir faute d'une lucidité
suffisamment puissante et solidaire. »

Car d'un éveil en magnificence dont la blondeur
correspond les phases de la concrétisation de
l'intangibilité,
Caractérisant la vigueur, la foi, l'amour, l'honneur,
l'humilité, et bien plus, le don inextinguible et
azuréen,
Déployant ses ailes dans la splendeur pour combler
le vide et ses imperfections d'une inaltérable nacre
de jouvence.

« Prêtrise de haut renom, sans masque et sans leurres, dont l'apparition lustre tous paysages liés et contractés,
Des chaumes les plus distants aux sites les plus apparents, jusqu'aux tréfonds des humus les plus désertiques et profanes,
Par les Îles mêmes, dulcifiées par les Océans gravifiques dont les layons ne parlent jamais, car non conquis. »

Conviction de ce vœu et de cet état voulant apparaître le connu et délaisser l'inconnu, dans des estimations,
Une canalisation des orientations situationnelles, classiques aussitôt estompées devant le discernement des domaines,
Ne se dissipant dans des latitudes et longitudes ne renouvelant leur écho, leur modération et leur précision.

« Voyant des règnes en parcours les étendues récentes et sans abri s'ouvrir à la constante tempérance,
Où les vents médiateurs mènent cargaisons et agapes des séjours partagés, par les neiges hivernales ou les chaleurs infernales,
Parmi les profils les plus exaltés et les plus dangereux, et les flores comme les faunes les plus mystérieux. »

Identifiés par les vagabonds du futile, de ses anses
et ses falaises abruptes où des oiseaux lancent des
cris de guerre,
Où se meuvent des éléments cavaliers, des
centaines au nom imprononçable, dont le langage
guttural est accompagné,
Par des sonorités d'ivoire et des balbutiements
courtisés par de lourds tambours de bronze
irradiant des arches rougeoyantes.

« Bruissement de mésalliances aux rencontres,
habituellement déployées, pour attraire les geysers
de leur éventuel danger,
Par des orées reconnues où elles peuvent être
jugulées, entendues et déclinées, et dans les
éloquences comprises,
Immédiatement délaissées pour asseoir des
échanges, communiant au-dessus de leurs remparts
immolant la hardiesse. »

Combinaison formalisant toute invitation à la
régénération dans une coordination laissant la
liberté affine,
Et se prononcer et éblouir dans une épigramme
mettant en relief tous accords nuptiaux et
somptueux,
Œuvre sans délaissement ne se corrompant des
égarements et des insipides moiteurs de l'ignorance.

« Ordonnance de la clarté, plébiscite des songes et
des rêves, pour révéler la rectitude et ses densités
exhaustives,
Consentant à chaque essaim de reconnaître son
existence sibylline liée à la totalité, dans une
parfaite terminaison,
Dont les armatures ruissellent les items
d'identifications profondes aux subdivisions
complémentaires. »

Naissance majeure au libre arbitre ne s'ignorant dans les délétères incertitudes, mais excitant sa composante ardente,
Permettant de vivifier par les Pléiades l'identité rayonnante de chaque viduité, correspondance de toute configuration révélée,
De toute expérience assumée, œuvrant dans le penchant bénéfique du généré les théorisations exhaustives de l'évolution.

« Couronnement serein et bâtisseur levant ses étendards dans des hymnes contant les sommations des âges,
Initiant les tempérances les plus enivrantes acceptant d'aller habiter les plus infinitésimaux scintillements,
Pour leur donner toute chance de s'accorder à la pluralité sans cesse régénérée honorant la dimension la plus suprême. »

Où l'orbe assigne ses exploits par les rangs Olympiens, par leurs travées et leurs romances aux refrains animés,
Par toutes les noues fécondes où s'acheminent les lyres amazones, leurs constructions, leurs suavités éphémères,
Inlassablement contées par les périodes et leurs ressacs par les mémoires dressées, antédiluviennes, consacrant l'aube.

« De pourpre et d'or les sentes de la gloire surgissant les messagères postures aux correspondants diaphanes et clairs,
Assistants les opiacées pour les défaire de leurs moires habitudes et les drainer vers la félicité d'un instant de grâce,
Recouru, ennobli, par le visage souriant des feux solaires éclairant la déité des cycles aux envergures fougueuses. »

Incitant tout un chacun à revêtir ses armures de joies, aux ajustements de cristal, et aux saisons sans brouillards,
Pour fertiliser le seuil et ses schistes où nagent des nénuphars et des glaïeuls indomptés et féroces, denses et précoces,
Lyre de la pluie des écumes jaillissantes de fontaines de grenat aux diadèmes ourlés d'emblèmes puissantes.

« Sursis des ouragans efforçant leurs rythmes par les plages mordorées de salines postures aux vigilantes consonances,
Croisant le fer des jargons amers, des lamentations aiguës des aèdes en mal de satisfaction, dont les souches étiolées,
Toutes dans l'ivresse noctambule de certitudes espérées, lentement se tournent vers l'ivraie pour s'accroire puisatières. »

Délivrance des soupçons de thaumaturges itinérances, se rendant à la générosité en mettant à terre leurs épées guerrières,
Face à la limpidité, son souffle éclairé, sa netteté arbitrant les novices obligeances aux caduques conduites,
Et des sèves et de leurs fruits dans le cadre des connaissances acquises habituellement renouvelées en fonction du vécu.

« Généralement réinscrite là où la calligraphie n'est ni rescrit ni écrit mais pâle contemplation de la vérité, déguisement tragique,
Déferlant des croyances sans légitimité, sans autorité, pleuvant des fictions ridicules et dans leur apprentissage,
De bestiales dysfonctions se vautrant sans confidence dans le sordide et le glauque, constamment parure de la médiocrité. »

Une malfaçon impavide, sans élégance, dont la projection est perpétuellement couronnée par la barbarie et ses fétides féaux,
Condamnés en ce boisseau de la fortune qui veille les gréements des galaxies enseignées, visitées et semées,
D'une rime ne se défaisant du factuel pour organiser alentour de cette nature immature les embruns la correspondant.

« Perçant la vanité, l'orgueil et la lâcheté,
ordinairement s'efforçant d'en anémier les
encorbellements pour en briser la texture,
Et rendre aux Êtres la potentialité de percevoir
l'Éternité, ses apparats, ses grandeurs, ses
aboutissements,
Dont nul ne peut omettre les ramifications sans
s'anéantir lui-même dans le venin de la lie et de ses
agréments. »

Dévoilés ici sans fards, sans hypocrisie, sans ces
ruptures de l'inintelligence apprivoisant la fange
pour mieux la couronner,
Dans l'aveuglement le plus total ou le plus affligé,
dans cette cécité vêtue d'inexpérience et de
propagande,
Bellicistes par outrage à l'aménité et à l'authenticité,
parce que sans lendemain, car faits de la poussière
des limbes.

« Scories des étendues noyées dans leur bestialité la plus agraire et la plus spontanée par les mystères de l'Histoire,
Ceux gravés dans une justesse ne faisant place à l'imaginaire de la cupidité, de l'avarice, de ses conditions larvaires,
Inondant les visitations de leurs miasmes aux puanteurs consommées, pour forger des rangs d'esclaves ».

Des générations exclusivement conditionnées à servir la pestilence, ses ruts et sa sauvagerie, représentée par l'atavisme de l'immonde,
Ce flux né de la consanguinité la plus vive et dont la pourriture éclôt ses degrés en chaque substrat inapte au jugement,
Démuni de l'émotion la plus compatible à l'égard de la singularité et de ses adulations et de ses parousies.

« Très remarquée dans la mandorle des observations nouvelles des champs galactiques et de leurs frontières édifiées,
Éphémères en fonction des contenances découvertes, là reléguées dans leur putride apparence tel un virus contagieux,
Dont quiconque, par les oratoires, sait l'inique perversité, l'intolérable vacuité, s'invite à le destituer et éradiquer éternellement. »

Mesure des Guerriers non dans l'arbitraire mais,
déliée de l'incarnat, aux fenaisons des dispositions
et de leurs amalgames,
Les uns poudroiements, les autres délibérations, les
derniers en action, tous statuaires en requête de
libération,
Des immondices et de leurs épandages, des
gargouilles infectes devisant leur évanescence et
leur fermentation.

« Livrées de réactions appropriées lentement mais
sûrement évanouissant leur prisme bestial dans les
poubelles du difforme,
Examinant là les étendards de cette sénescence
dans sa fatuité, son insolence, sa traîtrise et sa
fourberie,
Destitués de toutes sentences par toutes rives par le
sérail conduisant avec considération et fermeté vers
l'accomplissement. »

Insigne d'agrément par les parcelles embrasées, les
prairies d'alcôves conjuguées, les crêtes ardentes et
princières,
Naturant la symbiose exaltante dans un partage
affluant les multitudes des biotopes par leurs
Peuples, non dans l'idolâtre perception,
Non dans le rêve, mais dans le réel armorié enivrant
toutes physionomies de toutes allégories par le don
apprivoisé.

« Nuptialité des elzévirs où l'art majeur, celui de
diriger la cité, éclaire chaque mensuration, chaque
énumération,
Pour les initier à la maîtrise assainie distillant les
établissements civilisateurs tendant à
l'épanouissement de chaque Être,
Dans une inviolable vision scrutant les faîtes
semblant imprenables hier, maintenant tremplins
vers l'immensité. »

Ivoire aux affluences proférées et agréées
l'embellissement des émanations opérant les vastes
épanchements,
De leur prestige, de ses frondaisons, de ses
myriades dont les impulsions correspondent la
particularité fondatrice,
Hissant le pavois de la Paix impériale par toutes
strates, de la plus infime à la plus ourlée, dans une
féerie en majesté.

« Où se tiennent en conclaves les formalisations et
leurs adventices prétoires en prêtrise de renom et de
discrète loquacité,
Pour permettre à la logique d'élaguer les
abstractions concaténées et leurs relents
d'amertume,
Et les signifier dans le renoncement de leurs
haillons improvisés et dévoyés, égocentriques et
prosternés. »

Dans la compréhension des rites, et dans
l'absolution des paroles exercées dans des finalités
étreintes,
Dont l'étincelle leur intime de naître dans une
supérieure partition cette ode sublime, majeure et
superbe,
Témoignant dans l'alacrité de l'unité tutélaire de ses
états sans abandon, de ses volontés réunies
statuant homogénéité.

« Demeure en l'Être et par l'Être se vouant aux Êtres
dans ce creuset symbiotique marquant de ses fastes
et rubis,
Le caractère de toute activité, galvanisant sa flamme
novatrice par toutes réverbérations en son passage
acclimaté,
Augurant des sollicitudes les instructions des
contes jadis, libérant dans les éthers l'hélicoïde
symbole de frugalités offertes. »

Conquises et réalisées dans la vitale ascension
agréant d'en façonner les formes et les intensités
somptuaires,
Les constater embrasser les multiples langages aux
résurgences mêmes de la barque puisatière
alimentant le cœur du dynamisme,
Palpitant l'horizon et ses fleuves altiers qualifiant les
secteurs les plus téméraires ainsi que les plus
délétères.

« Parfums des oasis évoqués, visités, statués et appréciés, où tout un chacun sur leur surface est renaissance,
Épithéliale conjonction du Corps, de l'Esprit, de l'Âme, brisant le crépuscule des corruptions pour hâler l'offrande mage,
De toute correspondance par les globes et les empyrées des nuées les plus ombrageuses, solitaires ou solidaires. »

Essor des dynamismes magnifiés, attendus des imminences aux distances ourlées de natives efflorescences exprimées,
Visitant les affres pour les taire dans la splendeur d'un moment de grâce, attisant les luisances aux dorures gravées,
Pour les façonner dans l'éclair bâtisseur gréant ses protocoles par les routes ombragées par les nuits les plus denses.

« Aux sapiences vertigineuses, conférant les ondes assurées et les gravitations exquises de foyers délivrés,
Proclamant dans la manne des sourires les pluviosités granitées des espérances vers l'Orphéon de respires épousés,
Dans une mélodie propice où s'élancent les oiseaux-lyres pour y ruisseler les ramures équinoxiales d'un firmament. »

Portée des méditations et de leurs embrasements novateurs ne se pliant à la grève des sables insouciants,
Mais prenant la distance grandissant dans l'allégresse vers les cimes les plus éminentes afin d'en conférer les attributs,
Et d'en manifester les invariances formelles et prononcées culminant la précision d'un enseignement.

« Où le Verbe désigne les érosions à éviter, les infertiles conditions, les propriétés convenues et les marges associées,
Tout d'une exploration inclinant non à la prudence mais à l'équilibre et à sa perfection, sa globalité, sa parfaite assurance,
Ne se trompant sur les additions et leurs compétences, les soustractions et leurs mendicités sans appel. »

Le livre de la création parlant de lui-même des masques tragiques de la beauté ne cherchant à se dissoudre,
Ni à se confondre dans la compagnie des mimiques sans devenir aux livrées grotesques et aux affublements hypocrites,
Chassés irréversiblement des souvenirs pour déployer la jouvence nécessaire au déploiement cristallin.

« Acuité des fresques établies mûrissant un règne,
ses conséquences, ses appariements et ses nobles
héritages,
Sacrifiant le paraître pour élever tout Être par son
domaine d'application, du plus humble au plus
érudit, à son couronnement,
Celui du don à ses semblables de ses qualités, de
ses valeurs, de ses appréciations, dans une volition
couronnée. »

Nuptiale fertilité immisçant ses singularités dans la
plénitude pour en arborer les sépales et les pétales,
Dans un grand chant de flores aux effluves
majestueux, circonscrivant les chaumes et les
pierres des séjours,
Pour embaumer leur aire du désir souverain,
calligraphié dans l'Amour et son immuabilité
inexpugnable et fortifiée.

« Front d'or des heuristiques contemplations,
ceinturées de draperies lactées dont se vêtent les
réflexions de ces heures comblées,
Allant vers le ciel et ses détails armoriés, à la
rencontre des forces, de leurs énergies témoignées,
de leur dignité assumée,
Dans une avance fulgurante, dépassant
l'entendement de l'instant pour se fondre dans l'iris
flamboyant de l'Éternité. »

Surconscience déployée par les écrins et les cités adulés, dont la permanence cisèle les harmonieuses destinations,
Ramifie les sevrages et attise les conquêtes en souffrance par les univers concaténés attendant leur éclosion,
À la révélation des merveilles, à la mise en œuvre du tangible dans leurs essaims solitaires aux gloires achevées.

« Dessein des franges augurées de navigations consacrées, sous les cariatides des temples à Midi, dont la nef,
Exorde aux cieux le feu ardent de toute consécration et de toute inspiration pour en initier le rythme,
Le parcours cyclique et intense lui offrant de contribuer par les règnes à l'amplitude de l'essence de tout sortilège. »

Source au nectar confondant les leurres et advenant les fragrances de la nitescence dans son essentielle directive,
Décimant les intrigues, les bassesses, les fourberies, pour se hisser dans l'azur parfait où se pare l'affluent gréé,
Traitant dans l'altérité la multiplicité dimensionnelle, où participe et conjugué se tient le lien inamovible.

« Celui de l'Existant au pouvoir unique et stellaire, composite des ambres et respectueux de leurs rayonnements,
Guidant dans la prévenance les altérités solaires et leurs fractales intuitions aux gerbes de corail effeuillé,
Vers l'assomption, dans la grâce sujette à l'élocution la plus vibrante et la plus affirmée irisant le sens de l'autorité. »

Dirigeant vers l'évanescence le vide et ses monèmes abordés, de retenues en sobriétés hâlant l'exhaustive attribution,
Initiant la distinction des empires à leur apogée dans l'immuabilité, par les flux de réalisations concrétisant l'évolution,
Haute vague aux principes et actions dévoués parlementant de promptes maîtrises irradiant les terroirs appariés.

« Coordination des efforts distincts dans une appropriation dont les volutes convoquent quiconque à son ornementation,
À la conception, et la restitution en sublimant les cristaux générés afin de les induire dans l'efflorescence,
Et d'une situation et d'une dignité, signant leur théâtralité dans des motifs supérieurs, novateurs et féconds. »

VII

Par les cils éveillés

Prémisse des œuvres enfantées par l'enchantement
Dans la suavité des clameurs par les chants
De la pluralité exonde, les instances du firmament
Dont les gages parcourent l'intensité des temps,
La précision des espaces, l'incarnat de la nature,
Où s'en viennent nefs de voiles hissées aux matures
Les incandescences fluviales aux vives armatures,
Coloris des mânes exquis des ondes aux vêtures
D'or et de grenat, ouvrant leurs ailes solsticiales.

Dans un printemps d'écume blonde, une allégorie galvanisée par la présence invincible de la cristalline volition,
Se mobilisent ici le feu et ses luminescences sublimes, ses perceptions salutaires et dans les semis de leurs inventaires,
Les gardes indulgentes dessinant aux oasis les limpidités d'une loi intangible, faite d'onyx et de bronze, de diamantaire salut.

« Équipée de statuaires horizons où, meutes essentielles, se parfondent les armes louvoyant les atmosphères endeuillées,
Où monarques attribués s'inspirent des vanités sans demeures, dans la flétrissure d'opalescences aux sortilèges meurtris,
Toutes proscrites par l'éveil moirant leurs dais, effaçant leurs rites pour perpétuer les rythmes d'un assaut frontal. »

Plénipotentiaire des énonciations n'enfuyant à la nue les désirs des constellations et de leurs ramifications,
Mais, commissionnaires de nouvelles, découvrant dans la promesse des aubes l'écrin profitable à la pesanteur d'un enrichissement,
Une forge où le fer resplendit le répons des éléments les plus sains et les plus confirmés en l'astre veilleur.

« Portée des décisions sous le vent aux lagunaires
contenances et aux reflets laiteux des nuptiales
densités,
Délivrant les ardeurs nécessaires à l'axiomatisation
de toutes routes pionnières par les chaumes aux
glèbes transformées,
Ces terres encore dans l'obscurité broyant leur
attraction dans des statuaires sans modalité ni
considération vaillante. »

Où l'intégrité libelle son nom dans la félicité d'un
argument se dressant par les arcades pour répondre
de volige en volige,
Les éloquences marquantes de ses performances, de
ses adamantines captures, et par toutes sonorités
en toutes résonances l'écho profond,
D'une réalisation formelle convoquant les
enlacements du concret à la prolixité d'un élixir
embrasant tout épanouissement.

« Et des formes et de leur cohérence, dans une
harmonie transparente où chaque capacité se
confronte à sa personnalité profane,
Pour l'embraser dans l'élégance d'un vœu, d'une
scintillante affirmation, l'appelant vers le souffle de
la grâce,
Ce chenal énergétique majeur dissipant la brume et
ses nocturnes désinences aux portiques amers et
délétères. »

Vision des satins flavescents des roseraies à Midi,
de leur luisance aux arcs-en-ciel munificents,
assistant,
Et assignant tous foyers à sa concrétisation la plus
inaltérée en ses châsses les plus fertiles, dans une
abnégation responsable,
Fustigeant le paraître et ses officiantes virtualités,
pour surgir à l'Être en ses conséquences nées de
l'individualité.

« Orbe des sentences ne s'épuisant dans les nacres
et les opales divergences, les aveuglements bordés
d'anathèmes,
Mais dans les fortifications épousées déjà trouvant
le lieu et le lien fertilisant le mouvement dans ses
rayonnements,
Ses certitudes mais également ses rectitudes, dont
l'apprentissage dispense l'aménité et ses floraisons
intenses. »

Où se prononcent les vœux les plus exaltés, dans la
féerie et ses voilures tressées d'émeraudes et de
perles nacrées d'ivoire,
Dans la posture de l'humilité la plus aristocratique
garantissant le don en ses étincellements et ses
théurgies,
Dans un bruissement où s'estompent les
architectonies pour formaliser la viduité
énergétique.

« Des vertus les formations aux arcanes effeuillés
absolvant les canaux à suivre afin de parfaire les
dialectes négligés,
Les reconnaître tresser des cils dans le déploiement
et les objectifs de l'intuition et de ses dynamismes,
en veille,
Dans les ensemencements les plus enclins à
l'abîme, dans les rus charriant leurs invectives
novices et écrues. »

Pour les entendre dépasser les dysfonctions, dans
un fluide estimable étonnant et souverain par les
airs sacralisés,
Ensemencer en leur règne les pulsions nécessaires à
la correction légiférant chaque détail et chaque
position,
D'une libéralité parfaite instituant par ses
tempérances une pluviosité où chaque Être est
exprimé.

« Au-delà des couplets émaciés, des rivages
insouciants, des attitudes enclines à la souffrance et
ses reliquaires,
Semblablement à la mortification, par peine
soupçonnée initiée par les claudications des états
du vivant se masquant,
Se flétrissant et s'abîmant dans la stérilité pour
mieux se désintégrer dans une apothéose sans la
moindre existence. »

Où se taisent des mondes, se broient des cultures,
se liquéfient des univers, s'absentent des emprises
et s'immole leur renommée,
Dans un concert cacophonique percevant quelques
notes se jouer au mépris des autres, dans un
silence assidu,
Contemplant l'inverse de toute extase, de tout
amour, dans une confusion striant de ses cris
métalliques toute devise.

« La méconnaissant, par fatuité, la stipendiant par
ignorance, la brimant par outrage, la méprisant par
perversité,
Toutes données éclairant les mystiques plaintes de
ces vestiges visités par les planètes préservées de
ces essors,
Désignant des biotopes nus, inconscients et
maladifs prônant leur anéantissement plutôt que
leur mérite. »

Où s'insinue l'invocation gardienne, ses
organigrammes dans des lianes luxuriantes
dénommant,
Et de son chœur, et la vigueur et son climat, et de
l'impétuosité, la dénomination, dans un respire
clarifié,
Assistant toute création dans le libre respect de
l'interprétation comme de la fidélisation en
découlant.

« Dans une gravure aux marines insondables, où
toutes chroniques se construisent et se régénèrent
pour attraire,
Le sel de l'identité majeure couronnant de ses
calices les fruits altiers désertant la passion pour
l'entendement ultime,
De l'impériale considération et de ses offrandes
ouvrant ses ailes pour apparier les étonnants
verbiages du Verbe lui-même. »

Accomplissant l'impensable dans une imperturbable ascèse dominant les convoitises, les apparats, les ors lapidaires,
Les nuées assoiffées, les orages sectaires, les passementeries édulcorées et fières, toutes ces fioritures,
Draperies de l'ombre dulcifiée par la vibrante diffraction réduisant à la cendre leurs moires aisances.

« Pour laisser place en leur nef à la jouvence du symbole de la genèse dans l'eau native de la formalisation la plus amène,
Conjuguant les extrêmes dans une matricielle sauvegarde les encourageant à la pérennité et non plus à la désintégration,
Seuil de toute considération et de toute commisération eut égard à l'injonction signifiante de l'immanence. »

Épithéliale convection des mondes par les semences ouvertes sur les drainages de l'apparat et de la splendeur,
Où l'Être rayonne de sa gloire vécue et à vivre par les temporalités exondes et sereines s'immergeant conquérantes,
Dans les camaïeux de l'intervalle conjoint, où s'abreuvent les nidations des effluences aux élévations votives.

« Inscrits de la tempérance, de la foi, et de l'ornementation de l'altière exégèse des ordonnances,
Saillies par la Nécessité, ses solsticiales épopées, ses sens appropriés, et dans les racines mêmes de l'excellence,
Et dans les joies sans affronts explorant les mystères les plus ténus des plus incessantes palingénésies. »

Audible discipline éclaircissant tout faste par toute injonction, graduée en ses orientations et ses éblouissements,
Où, enseigne, se tient le fil de l'intelligence de l'imaginal, initiant les plus vastes altérités dans des caducées,
Aux tonalités dont les gestations fondent les constructions inamovibles attrayant les flots du réel.

« Embrasement de lactescences aux symphoniques phosphorescences, dans une adulation n'exhalant de délimitations,
Sinon celles de la révélation, de sa préemption puis de sa maîtrise de ses environnements les plus vifs et les plus accomplis,
Mandant de pacages en pâturages, de sommets en dômes, de vallons en limons, des expressions incomparables. »

Celles en divination ne se contentant d'effleurer les surfaces des quotités, mais par leur compréhension intime,
Leur autorisant de s'élever dans la détermination et ses communions tumultueuses ou de calme apparence,
Inlassablement opérantes derrière les ébruitements des entrelacements des actes et des fortunes diverses acclimatées.

« Dans la rémanence de la fonction vitale nécessitant de perpétuer et les potentialités, et les adventices corrélations,
Conduisant vers les rives diaphanes, leurs Alizés irremplaçables, dont les situations mènent vers les blondeurs safranées,
Des générations navigantes, éperlant les strophes d'un sentier de clarté par les ombres et les nuances aux moiteurs non conquises. »

Dans ces cycles de parousie où la flamme se dresse, tel un vertige, attirant à elle la novation et ses élytres,
Épousant les royaumes en consumant les berges de sylves isolées, de leurs murmures opiacés, de leurs fanes immolées,
Afin d'en extraire la bruine et en ciseler l'agitation messagère dans un aboutissement se témoignant et s'éployant.

« Par les frondaisons des bruyères et les danses des armoiries maritimes, intimant leurs sépales et pétales à semer,
Le nectar d'une visitation les propulsant vers les embrasements, malgré les contingences et leurs humeurs,
Les inconstances et leurs méridiens fauves et assoiffés, toujours plus loin pour perpétuer la hardiesse d'un renouveau. »

Éblouissement par les nappes des roches et par les émanations des floralies, l'élégance des dryades, la vitalité des Êtres,
Dont l'unité jaillit vers l'impérissable randonnée des ivresses dont les palpitations gréent les voiles des saisons de la bravoure novatrice,
Au pavillon vénérable de l'Éternité attendant leur présence pour en fortifier les marches éthérées et féeriques.

« Appareillage de haute haleine aux frémissements
des cordages où s'inscrivent les huniers salutaires
du schéma porteur,
Acclimatant les douves des charges ruisselantes
d'émaux, de grenats, de quartz, d'or, reflétées par
les armures épithéliales,
Arrimées de labiales denrées cosmétiques et drapées
de nourritures amassées, le blé, l'orge, les épices, de
terroirs modelés. »

Agapes des équipages et des maîtres de combats,
des capitaines sous le vent, œuvrant les lagunes
limpides,
Des espérances civiles et ordinaires passant de
ponts en ponts pour écouter la parole des Mages et
des Sages déployés,
Verser dans des stipulations nouvelles les arts et
leurs moissons, dans un chatoiement propice et
acclamé.

« Où le souffle retenu, déjà s'élancent par les
frondaisons nuageuses les besoins d'une étreinte
supérieure,
Bâtissant par les rimes des voûtes les trajets
connexes et houleux de discernements accentuant
la motricité,
Hâlant ses infimes partitions vers la résurgence
dans une prépondérance où la plénitude correspond
une vierge consonance. »

Course concentrique quadripartite en ses résultantes permettant de mettre en exergue tout passage vers toutes contrées,
Résolvant les équations temporelles à de simples charmes, car dans le flux des attractions gouvernées,
Salvateur opérande résorbant le temps mais également l'espace dans l'adaptation désignée surgissant sa modalité.

« Mettant à disposition toute réverbération et de la Vie et de ses magnificences, par les multi-univers berçant de leurs ondes,
Les mémoires archaïques, les perceptions des conquêtes à venir, dans une catalyse étourdissante pour le profane,
Accomplie pour le réfléchi statuant de leurs concours les symbiotiques connotations épiques les azurant. »

Par les fractales structures de permanences altruistes et indulgentes fondant les rhizomes de la prescience,
Advenant ces parcours en prédisposition, dans le florilège de toutes les architectonies composites, leviers de sources et de fleuves,
Dont le cheminement s'effectue par niveaux progressifs dans l'infinitésimal par une cohésion ponctuelle assumée.

« Où se révèlent de manoirs en abris les convois victorieux, rassemblant leurs efforts pour amplifier la nature somptuaire,
Dans des échanges exemplaires, moteurs de toute distinction de toute destinée, affluant ses motifs évoqués,
Dans les gradations de la concaténation de pouvoirs officiants où les mesures assignent et leurs unanimités formalisent. »

Lieu et lien de l'Empire en ses démonstrations les
plus éblouissantes, sacres de la fructification, de
l'accroissement,
Des essaims indépendants et complémentaires
déferlant par les glèbes et les Océans, des
correspondances,
Où la vertu est un baume, l'énergie une
détermination, l'harmonie une délicate ovation,
dans la quiétude et la sérénité accomplies.

« Où les dépositions affluent pour correspondre la
densité de tous principes salvateurs et fortifiés, dont
les florales limites,
Fulgurent, essentielles, les développements dans
des structures et des organisations formelles,
renvoyant à l'encan,
Les clauses initiées du gnosticisme de la barbarie et
ses féaux, ne jugeant en l'Être qu'un esclave
accompli. »

Anachronique dérive statuée ici par
l'irresponsabilité la plus totale, la plus
instrumentalisée,
Et la plus antinomique de l'animé, étudiée et
disséquée sous la loupe des valeurs pour en faire
distinguer,
Et les aberrations et les concrétisations les plus
absurdes au regard participe de toute viduité
formelle.

« Marais banni par les âmes engagées, les esprits en
action, les corps libérés, dans ces archipels
galactiques étoffés,
Gardiens et émissaires de la Liberté souveraine,
marque de la suprême transcendance dont les
potentialités,
En leurs intentions ne s'évanouit mais bien au
contraire s'exalte pour attirer à l'écume son parfum
irradiant. »

Aux nombres parmi les nombres et leurs planètes
en gestation prononcée, alternance d'un
accomplissement,
Étincelant la couronne de la prompte autorité
veillant aveuglément à la mise en œuvre et à
l'application,
Des édits façonnant l'équilibre par toutes voix
éloignées des fébrilités antiques commanditées par
le chaos.

« Conscience prépondérante à l'étrave légère franchissant l'illimité dans tous ses échelons afin d'innerver les cadences des âges,
Pour les découvrir, puisatières, évolutives, se redresser vers les cieux et s'éblouir de leur appartenance à l'éternité et ses songes,
S'enhardir en leurs échos et dans une maturation féconde s'engager sur la route percevant leurs intuitions. »

Évacuant dans les havres des frondaisons les arrimages faméliques, les infortunes capricieuses, les dantesques essors,
À la poussière et ses vides interstellaires, dont la définition est mouvance, catalyse et direction de toute canalisation,
De tout agencement agréant d'en franchir les détroits, les balbutiements par les gouffres maritimes impromptus.

« De rameaux en rameaux s'exposant devant la pénétration des vigilances facilitant leur disparition contrainte,
Puisque ne se laissant sanctionner par les humeurs mais destituant leurs précipices pour pénétrer la dimension idéale,
Assignant une avance claire et discrétionnaire par les déserts les plus brûlants, les cimes les plus gelées, continuellement dans l'humilité. »

L'introspection de tout ce qui a été, est et sera, de tout ce qui se crée et s'inventorie, de tout ce qui se détermine,
Se hisse et se profile pour ceindre les vêtures d'un printemps sacré, dans une alacrité et une innocence enthousiastes,
Secrètes étoffes générées découvrant les ramures de toutes formes et de toutes vitalités par les littoraux attisés.

« Ensemencées et nacrées par l'ouvrage accompli ne recherchant les mérites et les notoriétés délibérées, mais préliminaire,
Sanctifiant tout état de grâce, toute exigence constructive, toute vitalité abondante, dans une probité intelligible,
Élargissant sa prééminence dans le chœur statuaire et immuable où se décrètent toutes concrétisations amènes. »

Marque de la transcendance rencontrant l'immanence, dans une ascension formelle éclairant le seuil,
Ouvrant sur l'Éternité ses règnes propitiatoires, où veillent inexpugnablement les immortelles intronisations,
Passantes de sphères en constellations pour statuer et embraser la nuptialité conquérante dans un triomphe somptuaire.

« Prémisse des témoignages par les siècles et les immensités conquises, et celles à conquérir et enfanter d'une appétence impérieuse,
Pour éclaircir les stances de leurs emblavures dans la fondatrice gravitation, les naissant à la parure de la préciosité,
D'une obligeance les conjurant à s'allier et se construire pour se joindre aux fertilisations de la pérennité altière. »

Sentes des sites en appropriation, se convenant et se multipliant dans l'étincelle de la beauté de la hardiesse,
Appelant toute fluidité non à l'abnégation mais au routage parfait de la cristallisation chevauchant l'incommensurable,
Ses ramifications, ses constellations, en deçà des seules contemplations votives et leurs affermissements incertains.

« Dans une réciprocité complémentaire opérant mutuellement pour obérer les naufrages, dans des gréements familiers,
S'observant déliés et inversement freinés lorsque l'enjeu commun de l'aventure créatrice revêt une qualité indissociable,
Argumentant des assignations de limpides connexités, dont les arborescences sont intronisations recherchées. »

Intrépides de l'onde en ses miroirs et ses saillies, ses
apologies et ses apprivoisements où dans un
dialogue constant,
S'émet le clair auspice délivrant des brumes
opiacées et de leurs méandres assoiffés par les
litanies obscures,
Les discours austères, les balbutiements infertiles,
les ordres cruels, ineptes et sans lendemain sinon
celui de leur nocturne allégeance.

« Captation des nuées et de leurs caprices, aux
ovipares autographes cinglant vers les gouffres
sinueux,
Pour accroire une seconde leur moqueuse et fatale
opiniâtreté, emprisonnant les intellections de
l'aboutissement,
Dans des araignes confluences avivant les détroits
de contingente légèreté se satisfaisant de
l'inconditionné. »

Ombre exhumée de royaumes descriptibles où se
dirigent jusqu'en ses tréfonds des armées
lumineuses,
Pour dissiper ses lactescences dans les surgeons
d'aubes émaciées cernant leurs conjectures réduites
aux bas-fonds de la suffisance,
Les obérer dans une ténacité retenant tel un filtre
l'inaptitude de leurs catalyses, afin d'en surgir une
interaction profitable.

« Clameur de l'astre s'affranchissant, sans tutelles,
de leurs miasmes et de leurs volumes se lamentant
dans les noirceurs voraces,
Au milieu des prairies sauvages, des forêts
ténébreuses et mystérieuses, des assises où les feux
follets baignent de lumière,
Les calices de prêtrises inconséquentes et chagrines
de n'avoir su s'éprendre et se répandre dans la nue
victorieuse. »

Ici baignant de ses flots les écrins en pâmoisons, les villes distinguées par les pinacles, les forteresses ouvertes sur les Océans,
Mantisses des algues de la pluie d'or par les cargaisons des cœurs ne se lassant de l'iridescence des îles sous le vent,
Stimulant de spirales en volutes les rescrits de la volition se couronnant et se désignant dans la perfection.

« Pluviosité du granit et de ses phosphorescences hermétiques et suaves ardant de leurs mille et mille conjugaisons,
Les arcs-en-ciel d'un respire novateur par les parturitions ébauchées des prieurés, hier figés, désormais aux nefs élevées,
Accueillant en leur sein les rassemblements structurés par leurs multiples stipulations aux complémentaires agréments. »

Précieuse coordination opérant ses règles dans les
arcanes de la sagesse révélée arguant de ses désirs
l'Olympe en majesté,
Où se tiennent les aréopages les plus stabilisés,
associant l'industrieuse demeure de l'Empyrée à
leurs caducées,
Révélant arbitres et éclairées les convections
nécessaires à l'ornementation fidèle par les champs
œuvrés.

« Mages éloquences des tribuns et des adventices
entendements des rassemblements sans égarements
attisant leurs effets,
De ruissellements favorables à toute génération par
les herbages aux armatures légères initiant toute
tempérance,
De l'inspiration, de ses vagues et de ses fronts de
gloire estompant les myriades infinies de l'oubli et
ses passementeries. »

Toutes désinences dont les nombres se fardent
disparaissant dans la diffraction sérielle d'une
symphonique prestance,
Éclairant les vitaux harmoniques de la joie, par les
élans institués exaltant dans leurs cénacles les
décisions,
Les plus denses mais également les plus à mêmes à
fertiliser les royaumes et leurs charges
correspondantes.

« Alcôves au satin des roseraies ardentes dessinant
de matriciels appariements aux fluctuations
sereines de la destinée,
De ses accueils et de ses prestations les plus
vivifiantes et les plus assurées, devisant la certitude
des Êtres,
Par les marnes en tourbes et en limons nuptiaux,
par les courants fluviaux personnifiés délibérant les
reconnaissances. »

Celles de toutes aspirations à naître dans la
conservation de la générosité dans une justification
précoce,
Alimentée par les capacités et leurs surgissements
bravant avec héroïsme le néant et ses impavides
demeures,
Délaissées par le frisson des tumultes et les
arrangements développant leurs légalités se
délestant de leurs imprécisions.

« Des florilèges les prononciations ne s'ébruitant
dans la bourrasque, mais se concaténant pour
initier l'haleine fraîche,
D'un opérande insinuant l'oriflamme de la
puissance par toutes effigies en toutes gravures
pour toutes représentations témoignées,
Afin d'iriser leur maturité par les élémentaires
hiérarchies du couronnement statuant sur leur
potentialité. »

Magistral recouvrement de la persévérance sublime
naviguant les dimensions, dans l'attente de son
expression,
De sa concrétisation advenant l'impérissable
constitution de sa postérité par les planètes
embrasées en son répons,
Assistant toute évolution de ses naissances à ses
faites les plus impérieux et les plus sollicités et
constitués.

« Des marges d'émeraudes les mouvements de
l'aventure fiabilisant ses étreintes et ses forces, ses
vertus cardinales,
Pour officier l'intellection, et libre de sa conquête,
une maîtrise affirmée dans l'humilité dont la saisie
Nature,
La devise de tout embrasement en ses sollicitations
et en ses évocations les plus aristocratiques ou les
plus révélatrices. »

Jadis dans les ciselures des ombrages l'étendard en
assomption de pérennisation, dorénavant dans le
firmament s'adressant intime,
À la sensibilité infaillible, où se joignent les
multiplicités non pour l'invoquer mais pour
l'accompagner dans sa réalité,
Sa fulgurance et son éclat zénithal soulignant toute
conduite dans une concision majeure révérant sa
manifestation.

« Dont s'imprègnent les cités aux arcades fleuries d'efflorescences natives, ébauches des rayonnements divins,
Alimentant les rus et leurs scintillants offertoires où se réunissent les colonnes de la constructive interdépendance,
Liant aux rameaux, sous les lyres épervières, de pluviales consécrations aux armoiries de houles assourdissantes. »

Où abondent des ambassades dont des allégories sans failles scrutent la permanence des actes et des gestes,
Et des foules bigarrées et des Peuples régentés, et de ces biotopes sans façades parcourant les limbes sans lisières,
Pour semer par les mystères découverts les graines prolifiques des aptitudes naviguées et perdurées par les surfaces charmées.

« Et d'autres en substance dans les Pléiades aux azurs distincts, éveillant par les voussures des fibrilles claires et vaillantes,
Ouvrant l'avenir aux jeunes générations pour les concevoir dans des sapiences désirées, dans les concaténations,
Des ténacités et de leurs sources, aux farandoles enivrant de leurs trémas des accents mélodieux et héroïques. »

Veneurs de hauts faits d'armes et de réputations assumées, dans les effusions diachroniques des mascarets somptueux,
Des Îles et leurs limans, où anachorètes et aèdes prophétisent la romance d'une minute de délectation et d'amour,
De prestige et de magnificence où rien ne s'éperd ni ne se perd, dans une vibration continue nourrissant les méditations les plus abondantes.

« Tresses des livres sans absence aux mots et aux phrases ourlant de fantastiques épreuves dépassées et statuées,
Par une chevalerie dont la monarque résolution ne se plie devant les événements mais les affronte avec distinction,
Autorité, et dans une supérieure démonstration se donne à la clarté la plus novatrice, dans une offrande inexpugnable. »

Enchâssement des lices et des chemins de ronde, des créneaux des tours stimulées par la fulgurance de soleils épousés,
Des fortifications émondées où le sol tremble sous le galop des chevaux harnachés et superbes se déployant sur l'horizon,
Afin de conduire la distinction à une présence incarnée destituant les eaux surannées des fleuves anémiés.

« Dans un affermissement, sans expectative, sans meurtrissure, sinon l'attente de l'imminence, le spasme de l'émoi passant,
Où les dialogues se réfléchissent, et intuitifs édulcorent les apparences, déciment les fractales indéterminations,
Assidûment s'animent pour élever la concrétion du Verbe dans ses atours et ses heaumes scintillants de vive volubilité. »

Embrasement familier des cils dans la préhension et ses corolles aux pistils grainetiers, par les douves ramifiées,
S'élançant vers les grèves nuptiales où les étraves de vaisseaux enracinés composent pour s'unir aux mers éthérées,
Les accomplir dans la fluidité d'une causalité ne se conviant mais se cooptant par raison et obligeance d'un Vœu.

« Né de l'épure la plus virginale, également la plus volontaire, semblablement la plus convoitée, pareillement la plus désignée,
Du don total des ambres fertilités aux apophtegmes amènes étincelants leurs écus princiers par les temples assignés,
Où se tient, sans astreinte du temps ou de l'espace, l'énergie souveraine acclimatée accentuant leur devenir conquérant. »

Avant-garde des bâtisseurs et de leur renom, aux
phénoménales conjonctions sustentant les sols
naguère désertiques,
Ce jour ployant sous les assauts des sèves
déchargeant les agapes diurnes et noctambules
dans l'abondance,
Dissipant les fléaux de la faim et de leurs rapines
ainsi que de leur consanguinité glauque, atavique et
répugnante.

« Isolant à jamais les règles de cette plèbe voulant
instituer l'usure et ses loques fratricides, cette bête
famélique,
Née de la pourriture de l'esprit, de la disparition de
l'âme, de l'abandon du corps, du défaut notoire de
l'unité propice,
Congédiant dans la nidation de la vermine les
pilastres de cette abjection réclamant ses indus par
certaines contrées soumises. »

Où s'intensifient les luisances divises, les
promontoires de l'intelligence pour disloquer leurs
citadelles sordides,
Leurs belliqueuses insouciances nées du vide et du
chaos dont elles accomplissent les grossiers
apanages d'un hymne vain,
Ce rempart de la cécité dévorée par la Liberté ne se
méprenant sur ses accents nocifs et pervers
louvoyant la bestialité.

« L'accaparant et la formalisant pour exposer des larves idiotes, quémandant leur placement en esclavage afin d'assurer,
Leur pitance, leur logis dans une bassesse épouvantable ne devinant en eux que des valets proscrits,
Des sous animaux se lamentant sur leur condition mais s'en satisfaisant pour complaire à la boue les dirigeants. »

Suprême déliquescence de la pestilence dont les dépits sont rescrits, aux illustrations historiques, de lieux déclinés,
Menant par les traverses leurs ego vers la pente des abîmes les plus horrifiants, où se prélasse la morbidité,
Dans une arrogance dont les empruntes servent de garde-fou aux incestueux et aux pervers les plus dénaturés.

« Sous faune de la lie portuaire aux échos se désirant triomphe, reniant la conviction pour se blottir dans le périssable,
Pire, satisfaisant à cette immondice ignominieuse en détruisant l'existence, en l'avortant où en l'euthanasiant,
Dans une pantomime effrayante où la luxure se révèle le met commun et l'idiome favori de ses prédateurs et de ses nuisibles. »

Cosmétiques de la destruction dont la direction confine à la barbarie tonitruante, dans une hystérie collective,
Advenue par des propagandes et des insinuations se confortant par l'ignorance, cette puanteur vivace des dictatures de la médiocrité,
Affinant leurs génocides pour mieux en croître, dans une constante trouvant par les périodes l'opérande les destituant.

« Car il n'est de robustesse dans la déficience, il n'est de victoire dans l'ignominie, il n'est de gloire dans la cruauté,
Et tous ces épanchements se tarissent face au flot de la volonté s'écartant du futile pour éclore à la vitalité fulgurante,
Et ses tonicités, ne s'impressionnant de leur désintégration, mais assignant le défi d'en broyer les milieux moteurs. »

Enseignement des âges et des surfaces où les tempêtes et les ouragans se lèvent pour disjoindre l'impensable,
La motricité de l'insipide et de ses féaux, la duplicité de leurs fléaux, et le labour de leurs valets serviles et prétentieux,
Indignes de vêtures chamarrées tant le sang et la sueur du généré brillent sur leur pourpoint de dentelles crénelées.

VIII

Labour de l'infinitude

Œuvre en ces lagons moirés de songes hivernaux,
Où la grandeur s'estompe pour apparaître les féaux
D'histoires sans demeures sinon celle de la bestiale
Dysharmonie couvant de ses oripeaux les labiales
Portées des règnes sans écho, tout de drame vécu
Course de limon hautain s'élevant dans les nues
Pour prospérer l'outrage opiacé et les rives imbues
De nocturnes désinences, toujours à terme vaincues
Par l'irisation féconde détruisant leurs menstrues.

« Talismanique effervescence des souverainetés par les enchantements gradués et formulés, vivifiés et adulés,
De la lumière l'origine séparant les ténèbres pour offrir aux vivants le torrent circonstancié d'une certitude née de la pluralité,
Comme de l'individualité dans un développement clair ne s'imprégnant de leurs phénomènes échevelés et circonscrits. »

Dans l'acclimatation sans réserve au seuil franchi ne se désistant dans l'espérance, mais exhortant de ses fertiles annexions,
La droiture et ses expressions dans la splendeur et l'excitation de la hardiesse où se lient les rencontres audacieuses,
Marchant, délivrées des arcanes de la faiblesse ourdie, pour se gréer volontaire et défaire leurs ondes statufiées.

« Ici, là, par les rivières sans routes navigables, les terreaux rébarbatifs et les valeurs contournées et subliminales,
Où se délient les serments pour affréter des hordes guerrières anachroniques tendant vers le sérail d'une inverse équation,
Guidant les générations vers la ruine, ses épithéliales bassesses, ses rhétoriques dissonantes et ses perversités esclavagistes. »

Exigences des enseignes dans le crachin mesurant à l'aune de leurs convoitises les plans d'une consonance malsaine,
Dont les parcours systémiques forgent tout ce que les Êtres se doivent de rejeter afin d'attester la beauté et ses parfums,
Ses ambroisies et ses délices, dans un enfantement où la sérénité brille d'une immortelle jouvence magnifiant le devenir.

« Incomprise par la haine et ses corollaires déifiés par des houles noctambules contre lesquelles inlassablement se dresse l'Empire,
En veille inexpugnable sur chaque ruisseau et sur chaque fleuve, sur chaque mer mais également sur chaque Océan,
Parcourant inlassablement leur aire pour taire les ombrages et leurs vents cavaliers s'affaiblissant devant leurs courages ouvragés. »

Ainsi dans l'assaut frontal de la Voie ne se délestant sur un quelconque rivage pour se confondre et se laisser abuser,
Par les manuscrits votifs, leurs errements et leurs fers de lance en lice éprouvant les fortifications et leurs ramures,
Afin d'une offense tragique les anémier et les dissoudre dans la nuit et ses granits assombris où s'inscrivent des odes antiques.

« Consumation des rêveries aux épervières permissions de moments sans acclamations autrement que celles des lâches,
Des serviles et des ruts familiers aux oraisons dégénérées affligées de ces rictus montrant dans leurs ricanements,
La goujaterie de leur parole, la pauvreté de leur souffle, la puanteur de leurs alcôves tressées de perçantes dysfonctions. »

Où le conte n'est plus, où la parole devient rare,
apparaissant dans des miasmes et des salmigondis
éprouvants et sinuant,
Dans la croyance d'une perception se dévouant aux
désertiques emplacements où se fixent la lie et ses
crépuscules irrespirables,
Leurs contraintes, leurs dolines, tous ces ouvrages
dont les moissons suent la peur et la crainte des
autochtones les servants.

« Marge des inattentions dans la pluviosité des quartz
aux pamphlets fulgurants les marches des cités et
des villes, jadis altières,
Ces jours dans la nudité de l'instant participant à
leur immolation dans une violence contrariée par
l'Olympe,
Sa détermination, son inconditionnelle autorité
accomplissant pour tout un chacun ce que tout un
chacun doit accomplir. »

Où l'on voit les cieux se couvrir de cendres, les faites
s'ourler d'effroyables paysages, et les prairies
s'enhardir,
Dans de vastes chevauchés où luisent les larmes de
la guerre, la frénésie des cris et des éclats se
conjuguant,
Pour efforcer les eurythmies dans de sauvages
ondulations martelées par les voix de lourds
tambours de bronze.

« Ici se tiennent les armées innervant les marais et les
cloaques, les friches des tourbes aux paysages
noctambules,
Se combattant sans relâche, pour faire valoir soit leur
ombre douloureuse, soit les principes exons de la
limpidité,
Dans des fresques étonnantes où se devise l'impériale
nécessitée permettant de contrecarrer les plans de
l'ignominie et de leurs strates. »

Clameurs par le vide dans les zèles inconsidérés des
élytres aux fauves évocations s'éployant dans la
matière idéée,
Soustrayant ses pourpoints pour assister les
arrogances spiritualistes et matérialistes se servant
de leurs primitives errances,
Pour culminer le nectar de leur direction, l'or et ses
apatrides langueurs, l'or et ses passementeries de
sang et de sueur ordonnés.

« Vives phosphorescences incendiant les summums
de tragiques partages, de hauts sevrages et de vifs
messages,
Dont chaque Être en participe l'atticisme ou le déni,
constamment donne sa fougue pour en freiner les
renaissances malhabiles,
Ces esquisses symbolisées se mesurant sous les
astres pour annoncer pour les uns, un désastre, pour
les suivants, un massacre. »

Toutes enlacées dans le secret des mythes où les
rythmes dépossèdent dans un cri infini les pouvoirs
d'un éther serein,
Renouvelé pour la multitude éplorée jonchant les
champs de bataille, chassant les malentendus, les
incompréhensions,
Pour se retrouver frères d'armes, accueillis par
l'Énergie omnipotente réverbérant leurs actions
motrices.

« Les délibérant et les assainissant de leurs
fumerolles antédiluviennes, pour les faire renaître au
courage et à la consistance,
Témoignées, consolées, vivifiées dans des solidités
chevronnées et précieuses situant dans leur
consonance les prières sacrales,
Au-delà des pertes irréparables, des lamentations
stériles, de ces faits sans âmes couvrant les sphères
de leurs colonies éperdues. »

Épreuves par les surgeons des décrets ne se figeant
dans les lagunes ni ne se désorientant des vœux
prononcés,
Ceux de rendre à l'existence son élévation et ne plus
la voir s'attraire dans les scories et les moires
aisances des troupiers,
Du trépas et de ses adeptes, de la vacuité et de sa
déraison ployant dans l'arbitraire les semences des
mondes.

« Magistère aux épopées bruyantes destinant les clartés intrépides à la renaissance par les villégiatures endeuillées,
Dont les cils s'ouvrent sur le zénith pour se révéler et s'enseigner à la progression d'une mélodie ne se reniant ni ne se déposant,
Car symbole de la viduité dans ses vêtures recherchées, abolissant les gouffres tenaces aux labyrinthiques décrépitudes. »

Ces surplus issus de la peur ou de la frayeur insinuée par le déséquilibre de la nature propre au biotope en ses monèmes,
Ses états et ses potentiels les plus vivaces, ne réfléchissant en leurs lieux prisonniers que des reliefs sans réalité,
Se cristallisant dans une perte de cognition les faisant muter vers les abysses dans un tourbillon d'écumes avilies.

« Conjonction des nomenclatures ensevelies s'estompant devant le feu, dans une sublimation exaltante,
Dépassant les ramées des inverses pour les advenir dans la juste mesure de la composition significative n'improvisant,
Mais dans les latitudes ornementées se délivrant des adages sans lendemain pour germer à la spontanéité la plus grandiose. »

Haute vague par les étoiles aux encorbellements structurés approuvant de leur cœur les considérations,
Dissipant les amertumes et les hantises effrayantes pour diriger, dans une habile négociation, leurs épithéliales navigations,
Mesurant le temps ainsi que l'espace parcouru, fixant les dispenses établies d'un élan les habilitant à s'exfolier.

« Où le Verbe assigne ses parousies, ses domaines et ses sens dominés, ses ambitions et ses tresses émerveillées,
Inondant le flot des émotions d'un baume où le silence ne se fait entendre, tant de pulsation le rite de l'attention,
Ses caducées imprégnant de leurs couleurs aveuglantes toutes situations des achèvements se repliant et s'évanouissant du courant. »

Visiteur des gerbes les plus exaltantes, encourageant les fleuves les plus vifs, allant la précision des heures éblouies,
Dans l'aventure des sillons portuaires ne consentant aux naufrages, à leurs serviles encouragements, leurs ligues épistolaires,
Tous dans le limon organique, s'ébrouant de leurs jugements pour parachever la liquidation de leurs contingences.

« Celles les voyants se tenir sans évolution dans le brouhaha des alcôves, enceint de fermentations et de putrescences,
Celles les assignant à des rituels sanguinaires aux expressions barbares et cycliques dont le nom n'est plus prononçable,
Celles aux panoramas poudroyant des pôles refermés sur eux-mêmes pulsant les effluves de la virtualité et de ses ténèbres. »

Où se personnifient des hordes confuses, de fractales cohortes amphibolites périphériques noyées de brume préjudiciable,
Ondes en suites écharpées de leur symphonie, ébruitant des pousses fourvoyées épiloguant leur chute sur des brisants,
Les unes châtiées, les autres défroquées, les dernières sacrilèges, s'engouffrant avec engouement dans le chaos.

« Ascension de l'entropie ruinant toute décision, toute invitation, toute congratulation, s'exténuant sur des rives esseulées,
Où pulse une comète dont les essors attendent une passerelle pour ourdir ses dévotions dans son fer suranné,
Où la brise monocorde répercute des allégeances torrides, indivises et bestiales, dont le joug révélé s'épuise invariablement. »

Parce que le foyer ne peut se tarir face à ses faits
sans gloire, la puissance ne peut se détruire devant
ses phasmes grossiers,
La moisson rutilante n'étant promesse de ces
armures rouillées et factices s'abreuvant des larmes
des globes les sevrant,
Puisque dans la gravité du perfectible, la rémanence,
habituellement achève leur manifestation noctambule
et atrophiée.

« Rescrit de la parole des souffles ne méprisant l'azur
et ses douves abritées, arguant les actes et les gestes
de marbres altiers,
Pour en parfaire les victoires par les semis
indifférents, les attentes impatientes, les refuges sans
contenus ni contenants,
Officiance des Mages et des Sages, veille des
Guerriers immuables protégeant les rhizomes afin
d'en fructifier les fruits. »

Préambule dans les matrices stellaires reconnaissant
des liaisons fratricides et des alliances parachevant
leurs désirs insanes,
Trouvant au-devant de leurs querelles et de leurs
offertoires la réponse appropriée d'un Empire en
munificence,
Ne se laissant conter les pentes surannées, les
promontoires sans horizons, les attractions sans
palpitation sereine.

« Toute cette aliénation se prononçant pour endeuiller
la vie dans des mouroirs chroniques lamentant leurs
formalités,
Faméliques et discordantes, s'exposant dans les
calvaires les plus prompts à essaimer les forges des
esclavagistes,
Ourdissant leurs propos de morgue et d'infatuation,
produits de leur respire ignorant se maltraitant dans
des éclipses d'épouvantes. »

Nausées des airs et des océans, affres des biotopes en
leur sein, réduits à la squelettique démence, dans
l'incapacité,
Dans la dépendance, dans la cruauté, dans ces
abîmes où la torpeur elle-même ne trouve plus
d'endroits pour naître,
Tant le tison délirant de leur appartenance se meut
dans une cage où l'or lui-même ne sait briller tant il
est couvert de sang.

« Le sang des innocents offerts par la brutalité aux ordres de molochs inconscients, avides, bestiaux et sans la moindre conscience,
Croupissant leur plénitude dans de prolixes postures s'imaginant conformité, dans la conviction d'en hâler la pluviosité,
Là où très justement elle les rejette et les enferme dans la lie qui n'est pas le soupçon de leur orbe mais bien leur mantisse abusée. »

Venelle des fards de l'apparaître ou du paraître où la fourberie s'incarne, où la bêtise est panoplie, dans un chiendent,
Mordant la poussière pour l'aspirer dans des volutes sans écrins où se meurt toute novation pour asseoir une consomption,
Celle n'invitant à aucune création, aucune densité, aucune finalité sinon de l'ensevelissement de ses ministères forcenés.

« Où se meuvent parfois quelques halos, lucioles recherchant dans l'abysse les piliers de l'arborescence,
Implorants, gémissants, écoutés par l'ardeur corroborant leur déchéance et leur potentiel de régénérescence,
Ne statuant immédiatement sur leur seuil pour les apprécier dans un sursaut se rebellant contre l'admonestation les emprisonnant. »

Dans un éclat salutaire où se joint la prière constituante révélant les bases de l'arc-en-ciel des saisons,
Les suavités de la temporalité et de l'Espace infini, par les mystères éclaircis, où la prestance correspond la pondération,
D'une croissance et d'une coordination advenant un périple d'abord, puis les strophes d'une épopée inconditionnelle.

« Augure des vertigineuses culminations de la pensée
ne se noyant dans les lambeaux des abstractions, où,
tragiques et sauvages,
Se tiennent les chaînes du langage, broyées par
l'ineffable parjure scrutant ses royaumes pour
essayer de les pulvériser,
Persuasion pour le commun ou le désappointé, mais
s'avérant sans liaison devant l'assise indissociable de
l'éveillé. »

Instance de la latence ne se délitant dans des idylles
impromptues, des erreurs adjugées, des mensonges
connexes,
Propriétés de propagandes accablantes, répétitives,
innommables et gargantuesques foulant l'éther de
leurs morves délétères,
Ne souillant que les larves et leurs appropriations,
ces féaux serviles et masochistes courant après leur
perte, irrémédiablement.

« Flétrissures des univers ayant pour seule ambition
la mise en œuvre de la destruction, de la prédation,
dans une barbarie globale,
Pour le simple plaisir de posséder, carcan profane
reniant tout apprentissage pour se complaire dans
l'innommable.
Celui de la matière et ses reflets, ses reliefs marbrés
et ses aurores crépusculaires, au nom de fausses
religions et de faux idéaux. »

Dans des tempêtes et des ouragans tentant de
narguer l'Éternité mais ressentant ses effets les
renvoyant dans leurs limbes,
Dans leurs prétoires et leurs domesticités
apparentes, ces temples impies encagés et oiseux
croupissant la vermine,
Où officient des vers sans connaissance sinon celle
de la volonté d'un surplus arrogé par une puanteur
chronique.

« Contagieuse et bestiale, semant la discorde,
préparant et affinant des guerres inutiles afin d'armer
sans distinction et épanouir,
Un trafic hideux, dont la boue démoniaque relève
d'un jugement fatal à leur encontre par les glaises
malmenées,
Non signifié eut égard à l'ignorance et ses velléitaires
proximités factuelles engageant leur prolixité cruelle
et indivise. »

S'éclairant devant leurs constantes et leurs agraires
servitudes, perçant leur fatuité sénile et leurs
corollaires,
Tout d'indécence conduisant vers les ténèbres des
spectres réduits à la portion congrue de l'acceptation
et de ses sortilèges,
Propulsant le fardeau de tout un chacun dans les
marais putrides de leurs indigences acclimatées
encourageant la morbidité.

« Dessein des époques à genoux, liquéfiant la
personnalité pour se l'approprier et la rendre servile à
leur inexistence,
Circonstanciée, éphémère et déicide, survenant un
troupeau de truies dirigé par des porcs crapuleux et
répugnants,
Se réjouissant dans le mal, ses servitudes et ses
cloaques, se félicitant de leur devise dans des
accommodations fétides. »

Infernales troupes de pâles renommées besognant la
désintégration pour s'exhiber dans l'indécence,
s'accroire postérité,
Là où se fertilisent la lie dans la pourriture et ses
exhalaisons, harnachées pour figer à jamais le sort
dans une anémie,
Où se réfugient les bututs absents de toute
perspicacité, brutes assoiffées des jouissances de leur
nuisance en ses orées.

« Dont la vision prépare en leur décrépitude la
disparition par la noblesse d'un engagement, la
fragrance d'une intention assignée,
Où se joignent les Êtres imperméables à la vanité et
ses séquestres, à la traîtrise cadavérique, dans un
hymne épanoui,
Magnifiant les cariatides à fleurir sur leurs aires
glauques où se lovent la dévastation et ses diatribes
aphasiques. »

Concrétisation aux mânes enseignés accentuant leurs ramures vitales intelligibles par toutes sources pour les apurer,
Des ensemencements de magistères douteux, de confiances déchues, d'éducations animées par l'invective et l'hypocrisie,
Toutes tares énoncées pour en dénoncer les plurielles irrésolutions et les évanescences brutales et armoriées.

« Où l'Édit fulgure de la contemplation et de ses arcanes, la potentialité autorisant d'en attraire les travestissements,
Et les péricliter en présence de l'immensité et ses conjonctions dont la nitescence transcende toute demeure éclairée,
Balayant les votives assertions, leurs velléités désemparées, et leurs alacrités superflues et maladroites. »

Marche se prononçant aux vastes latitudes de la Voie
et de ses perspectives annonçant la maturité et ses
irradiations,
Par les constellations en préhension de ses attitudes
nouvellement détaillées irisant de leurs écumes les
stances appropriées,
Se défaisant des maux et en distrayant les
incongruités, pour les ravaler à la cendre de leurs
collégiales déchues.

« Dans le miroitement des ondes contiguës
développant par les armatures des citadelles les
creusets nécessaires,
Tant à un accomplissement qu'une élévation, dans la
saine action motivant une acceptation légiférée,
parcours intense,
D'escadrons agrées dont les missions s'épanchent par
les cristallins rivages de la fécondité de l'intrépidité et
de ses efforts accomplis. »

Ouvrant sur les coupoles et par les terres un
prépondérant accueil accordant le développement des
orientations,
Advenant l'éradication des valeurs inverses attisant
leur haine par le déploiement de leurs troupes
vaniteuses,
Sans lendemain au regard de la puissance sous-
tendant la rémanence formelle accentuée leur livrant
une lutte sans modération.

« Un combat titanesque s'abreuvant de tous les opérandes pour essayer d'abstraire toute partie du sérail conjugué,
Instiguant par toutes pentes les ramilles de digressions compétentes ou timides, convoitant une domination assurée,
Ne pouvant s'évanouir dans la ruine belligérante où officient des hordes périssables sans contenance, même sommaire. »

Autrement que celle de leur prouesse, clameur de la mort et de ses cruelles jouvences, où se lient et se délient les serments,
D'autorités factices œuvrant pour leur propre caractère et nullement pour la diversité recouvrant cet augure,
Concédant de ce fait à la limpidité d'insinuer leurs sentiers éprouvés par l'adulation de leur inconséquence modelée.

« Des ivoires l'histoire renouvelée où l'orgueil pointe sa détresse, ses enluminures et ses cadavériques permanences,
Invitant à l'oubli et ses radicules sinueuses où poudroient encore, malgré les naufrages, la tentation d'une déshérence,
Accouplée à la gravure d'un prestige accueilli par les restes des frimas et de leur coryphée dantesque, épousant leur infortune. »

Acclamation des doutes, sans surprise, des phénoménales ambitions, et de leurs insipides mansuétudes,
Où s'estompe toute célébrité pour laisser place à une dérive engendrée fêtant l'instabilité et ses idéaux ataviques,
Suintant de carnassières idoles, des réminiscences où l'ombre reprend ses droits, excluant toute novation.

« Libérant le parjure en son modèle, ratifiant de par
cette transgression, l'apparition d'une nucléarisation
conflictuelle,
Attisée et sériée, en suffixe nuitamment tressée,
poussant à l'inconduite, orientant de la sorte les
prémisses d'une autodestruction,
En aucun cas délaissée par l'adversité, mais bien
plus, enseignée, contrôlée, et attrait pour en accélérer
les motivations. »

Marques de ces oripeaux aux évanescences tribales et
abhorrées, complaisances du déchet plus que de
l'innocence originelle,
De la bêtise plus que de l'intelligence, de la sous
animalité plus que de l'harmonieuse pesanteur
tenace, en leurs aréopages,
Grotesques atrophies fulgurant leur défaite en la
faisant passer pour une victoire, accentuant leur
déréliction profonde.

« Visitation des ondes de la pluie et de ses répercussions lavant à grande eau leur barbarisme outrecuidant,
Désinfectant les sols de leur souillure et dissipant leur souvenir, en conservant la mémoire de leurs méfaits stupides,
De leurs croyances nauséabondes, de leurs larvaires prostrations dans l'ahurissement notifié de la déliquescence. »

Afin de servir aux générations l'enseignement de leur verbiage infâme, montrant à tout un chacun les extrémités à ne parfaire,
Les foyers à ne pas épanouir, tout suant l'indigence de l'unité, saillant ses immondices dans des luxures dépêchées,
Par de crépusculaires agonies, soutenant de leur grandiloquence le feu d'une médiocrité sans limite et sans avenir.

« Par le soupçon des Alizés, étranges situations provoquant les gouffres pour les porter vers les cimes enivrées,
S'escrimant en vain dans des postures condamnées, navrantes et figées, où se lit la prostration et la perfidie,
La malformation dans sa féodale libation, agape de la frivolité, du désordre, de l'anarchie et de leurs sentences sevrées. »

Vestales à genoux dans la poussière narguant les rites pour les remplacer par des sèves zélées et révérées,
Dont la paresse mentale entraîne toutes dérives, toutes concussions, toutes abominations, ces fers de lance de troupeaux hideux,
Vaincus sur leurs sentes les plus vives, leurs prairies les plus lascives, leurs forêts et leurs dunes aux mers se lamentant de leur idolâtrie.

« Souillant l'air de pestilences aux effluves subodorant leur attachement à toute souffrance mais également à toute calamité,
Emplissant les claveaux d'araignes inconvenances aux élytres gouvernées par des menstrues aux origines douteuses et alanguies,
Se prostituant pour bénéficier de ce petit plus légué par leurs maîtres avaricieux, ces sangsues des lices cycliques. »

Nabots et avortons de pacotille répugnante spéculant le faîte de tout horizon, dans une pompe dont les négligences,
Confirment et affirment le pourrissement telle une vertu dont les commodités sont salons d'ancrages à satiété,
S'éployant dans des membranes feuilletées de poisons et d'outrages, hâlant leur perversité noctambule dans la déraison.

« Puisatière crinière de bestiaires sans sommeil s'adulant mutuellement dans leur pauvre sonnet au refrain caduc,
Controversant les suffrages et ordonnant les beuglements de leurs troupes aux litières parfumées d'une puanteur commune,
Oppressée d'amertume, se résolvant dans les passementeries houleuses de toutes intempérances couronnées. »

Où s'écrie un engagement, honorifique et circonscrit,
celui d'une voyance se fertilisant dans des mimiques
saturnales,
Enfiévrées, dont les litanies s'éperdent dans les
chemins à la rencontre des rus pour tenter de les
convaincre,
De sillonner leur égout, se gorger de leur intolérable
tolérance à la nidation de la lie et de sa bestiale
concurrence.

« Toutes virulences sans résonance devant les règnes
fécondants, distants de leurs miasmes, ses écrins
autorisant d'en ligaturer les termes,
Les destituer de leurs alignements et de leurs grades,
les montrer aux foules libérées dans leur posture
anomique,
Ruisselante, fauve, de l'embrasement congénital de
leur consanguinité drapée par le sang et la sueur du
généré en leur occurrence ».

Dans l'efflorescence des aubes sereines, délibérée par la multiplicité afin de les renvoyer dans les abîmes et leurs mantisses,
Sans ajout pour pleurer leur condition, sans détour pour s'affliger de leur geste, sans connotation méprisante,
Tant de pitié pour leurs calculs sans envergure, leur renom pitoyable, leur bassesse considérable, leur ouvrage dénaturée.

« Tant et tant s'imposant dans la hargne, l'agressivité, la morgue, l'inexprimable contrainte, arguant sous les sourires,
La prêtrise sans renom, l'impureté en ses royaumes, la corvéable soumission inhérente à l'indigence des esprits votifs,
Toute désuétude se mirant dans l'apocalypse et s'y complaisant avec la particularité seyant à la hideur en ses reflets. »

Pâture de la monstruosité inapte à toute clairvoyance, fondant sa dictature sur la reptation et la fétidité,
Démesure des sous-êtres se croyant possesseurs d'une vérité, s'imaginant le solstice tandis que l'équinoxe brille,
Dans leurs yeux éteints par le paroxysme des obsessions congrues rendant hommage à leur léthargie vouée au néant absolu.

« Où l'iris ne se mêle, tant les catalyses de ce vide
sont surgissantes, hagardes, catalepsies maladives
rongeant l'azur,
Lézardant le firmament de leurs incongruités dont les
danses infernales côtoient l'abysse et ses pourpres
fortifications,
Dans des luxures chimériques où se taisent les noms
de l'animé pour faire place à leur parodie la plus
ignoble. »

Sevrage de l'indicible, martelant ses rythmes dans les
lagunes moirées de sauvages pestilences, et partant
vers les oasis,
Pour en troubler la quiétude, ensevelir leur songe
dans des draperies ourlées d'alluvions et de suints
où, serpentaires,
S'adonnent des ectoplasmes pour s'embraser sous
des lunes noires et opiacées quémandant une prière
sans message.

« Miroir des abrupts langages, sans finesse, sans
dorure, dont le roc est émondation des sites, et
rancœur puisatière,
Cherchant dans les éventails de la pluralité le sceau
d'une uniformité réduisant à l'extrême tout potentiel
durable,
Afin de le maintenir dans des liens inflexibles roulant
leurs échos sur des tombes appariées où se
conservent sa parure. »

Menace profane aux interludes masquant la tragédie
dans des respires onctueux et dissonants répandant
la discorde,
Dans de frénétiques essors malmenant les racines
pour les mener vers le limon infertile les voyant
distraites et puériles,
S'accoupler en compagnie de l'inintelligence en
croyant se sacrifier pour l'inaltérable densité, ici,
masquée par le ridicule.

« Dans une torpeur initiée par une éducation de larve où s'éploient les membranes de la subversion et de la désagrégation,
Issues de l'organisme atrophié voulant régir toute compétence pour y introduire le venin lui concédant d'en destituer la contenance,
Dans des flots ravageurs s'invoquant pour charrier ses maléfiques engeances et leur permettre d'empuantir toute supériorité. »

Dans une désinence accrue développant ses moissons couvant la nue de scories impensables, ébauches maladroites,
Se concaténant dans des assouplissements sordides où se réjouissent les marques émondées de toute exactitude,
Profanant dans leur temple le seuil de toute autorité et de toute maîtrise, pour gréer la virtualité et ses embruns.

« Égrégore du pourrissement et de ses labiales
nécessités organiques situant le libelle de la
pérennité,
Dans l'ascension de la ruine de toute velléité,
arborant ce pavillon déshonorant et outrageant de la
servilité par toute face,
En tout lieu de ses correspondances et de ses
avanies, là où se tiennent les hordes tentaculaires et
avides. »

Pressant leurs montures pour répandre l'affliction,
différemment la consternation, dans des mots d'ordre
souillant le généré,
Le réduisant à sa simple expression, celle nourricière
le perdurant dans des fluctuations se résorbant dans
l'indétermination,
Un enchaînement aux surplus instinctuels
l'éprouvant, le saillant et le perdurant dans son
immolation.

« Colonisation de cacophonies et d'oppressions
s'alliant afin de forger un aréopage d'esclaves et de
maîtres atrophiés bataillant leur auge,
Dans un génocide eugéniste ne se cachant en aucun
cas, tuant les uns les autres dans l'incapacité de
produire,
Par meurtre légiféré de la postérité à naître, des
vieillards ainsi que de toutes celles et de tous ceux ne
pouvant prospérer. »

Ne sachant dégager les profits nécessaires à l'usure
et ses partisans, ces gueux dont l'intelligence est
inverse à la valeur de leur portefeuille,
Nidifiant leurs exactions dans ce prétoire
concentrationnaire en se servant pour leur usage
économique,
Où sexuel, des miséreuses créatures soumises à
leurs discours oiseux et stériles, issus de respirations
nocturnes.

« Toutes en fêtes de l'appropriation, toutes en joies de
traîner dans la boue les humbles pour qu'ils les
servent et les adorent,
Dans des pulsions lugubres régissant, telle une
gangrène, des anatomies sociales disloquées,
encadrées et sériées,
Participant à l'activation de tout mécanisme les
sidérant, ne leur octroyant aucune possibilité de
révolte où de conquête, au contraire les excluant. »

Ainsi dans ces imperfections inoubliées par les logis
perclus par des temporalités sans fastes sinon ceux
de quelques passants,
Dont les maladives perceptions représentent le défi
de toute strate vigoureuse par les astres pour en
advenir le désastre,
Sans états d'âme, sans fioritures, malgré le dégoût
inspiré par cette fange cosmétique irradiant la
perversité adulée.

« Instance convoquée et éradiquée, ordinairement par
les biotopes fécondés sur les globes où siège cette
obscénité,
Soit par patience, soit par connaissance, soit par
conséquence des actes les immolant et les réduisant
à la vermine,
Cette vermine confluant des summums vers les
gouffres où elle doit retourner pour laisser la genèse
se transmuer et s'élever. »

Souillure des âges et des espaces combattue sans
relâche, par les Pléiades et leur nombre incalculable
de constellations,
Aux fins de permettre à la Vie de s'épanouir au-delà
de leurs bubons caractérisant les contractions
temporelles,
Nées de la bestialité accouplée à la barbarie, dont les
démarcations communes dressées régulièrement
s'écroulent devant l'invincible rigueur.

« La rectitude sans failles alliant perspective et
responsabilité, droit et organisation limpide, d'une
constitution ouverte sur les mondes,
Ne se laissant impressionner par l'ignorance et ses
féaux, mais les joutant obstinément et plus jusqu'aux
frontières altières,
Afin d'établir la résonance de l'équilibre et de la
justice dans un droit mais également un devoir
témoigné par chaque Être pour tout Être. »

IX

Par les Pléiades enfantées

De l'œuvre en semis les règnes s'en viennent d'Or
Les parures chamarrées et les stances en accords
Libérant de festives ovations par les marches fières
Des surfaces accortes dégagées de d'éphémère,
Ruisselants l'eau vive des sources pures de l'élan
Signifiant ses ondes mûres aux routes du Chant,
Rescrit de tempérance, d'humilité, de justice, cimes
De l'ardeur composée en ses essors dont les rimes
Procurent à tout un chacun la réalité solsticiale.

Aube de granit des tisserands aux vallées éternelles
accueillant les agapes des fruits de l'hiver et de
l'Été,
Dans le calice des floralies printanières où s'ébruite
la ritournelle des oiseaux-lyres, tressant des
amarres parfumées,
Où l'Éden puise sa pluralité exonde et sûre,
embrasée par des sommets stellaires où s'épanchent
des dieux solaires.

« Voici le respire notifié dessinant ses pétales dans
une apparition sublime, où le joueur de luth
amplifie l'exégèse d'une voix,
Harmonieuse, fructifiant un savoir inné où se
répandent des suavités mélodieuses, enivrées de
routages armoriés,
Sans plainte des vivaces configurations s'ébrouant
par les littoraux pétillants où se baignent les
nuptiales somptuosités d'un avenir. »

Fondement des âmes, des esprits et des corps, dans
l'unité retrouvée marquant, symbiotique l'espace et
le temps,
De salutaires déterminations, mutuellement
parcourant les fiefs, leurs zéniths, pareillement
leurs abysses,
Afin de célébrer l'immortelle aventure dont les
randonnées sont nectars de l'appropriation de toute
devise.

« Diaphanes intensités des royaumes éveillés disséminant par leurs aires l'inaltérable sentiment de la beauté,
Hissant par les cycles les étendards du ravissement et ses manifestations œuvrant à la stabilité structurée,
Magnifiant le Verbe, conjuguant de ses couplets les conjonctions électives assurant le dessein de tout futur consacré. »

Où s'ébattent en lice les parturitions cosmiques pour offrir la connaissance de leurs émois et de leur nature,
Accentuant la propagation et la maturation de leurs essaims par les surfaces adulées des multitudes temporelles,
Ne s'isolant mais se ramifiant afin de se consteller dans de fermes oriflammes où le lien des lieux est audible et sûr.

« Hâlant des souffles les épreuves des sèves adamantines, parcourues par les cohortes fluviales palpitant le cœur,
De hardiesses nouvelles, facilitant au-dessus des érosions, leurs ambitions par les plages dressées et superbes,
Évanouissant les votives incarnations, pour d'une pluviosité impétueuse ensemencer un pouvoir en adéquation avec l'hymne commissionnaire. »

Prémices lactescentes figurant des impulsions les leviers formalisant les artères d'ambroisies et leurs pierreries étincelantes,
Où fuguent des nefs argentines aux opérandes façonnant, habiles, les flux et les reflux pour guider leurs cargaisons,
De denrées épousées, d'ébène et de palissandre, de nacre et d'étoffes rayonnantes appelant à l'apaisement et ses gynécées.

« Diffractions aux paroles épanouies soutenant non seulement des promesses de paix mais en armant les latitudes,
Par des prépondérances considérables, agissantes et exaltées, honorées et superbes développant par les arcanes,
Les rythmes d'une veille ne s'éprenant dans des rêveries et des songes oublieux, corruptibles en substance. »

Parce que visitation des sphères, observation de leurs apogées ou de leurs abîmes, de leurs complaintes et de leurs strophes,
Et par cette écume, en compétence d'isoler leurs termes contrariés, ces sentes inverses réduites à néant sous leur ascendance,
Ordinairement dénommant la prégnance de l'instant là où la régularité se doit pour surgir la stabilité de la nature plurielle.

« Présence aux éloquences illimitées ramifiant l'Éden
en son prairial écrin, où se retrouvent en l'altérité
les diversités accomplies,
De la création en ses orientations, ses
concaténations éclairées, annonçant les messages
de la Voie,
Considérables et glorifiés, mesures de la pénétration
des odes et de leurs sillons, de cette symphonie
arguant ses triomphes. »

Sur les incalculables prostrations, retrouvées,
renouvelées, éternellement figées et fixées pour en
attraire les potentialités,
Les émerger dans la réalité sans dissonance, sinon
celle de leur particularisme se redressant dans
l'immensité,
Pour lui rendre honneur, et entamer en sa
compagnie le cheminement conduisant vers
l'exception et ses permanences surprenantes.

« Irisant les sentiers d'un frisson, là où se meut le
royaume dans une légitimité parfaite où tout un
chacun se retrouve,
Se propulse et agit pour en advenir le perfectible
dans une certitude ne s'agrémentant de la plus
mince espérance,
Ni de la plus courte prière, car officiée et maturée
dans la carnèle de son épanchement vital, affirmé et
opérant. »

Chœur du solstice émanant des vagues successives
attisant de la base au sommet les radiations
lucides,
Convexes de Lois inaliénables ayant pour normes la
défense inexpugnable de la genèse en toutes ses
volitions par tous secteurs,
Dans une corrélation témoignant de la limpidité et
de la délicatesse de toutes intentions en ses
rayonnements.

« Écho de ramures incertaines en concrétisation
d'interdépendance, écho de rites où se déversent les
floralies,
De leurs effluves et leurs élégies, apurant toute
révélation pour la mener dans le sens de
l'accomplissement,
Tant dans les niveaux de la matérialisation que des
énergies fortifiant toute lignée dans une glorification
sereine. »

Faste des portuaires alluvions aux irradiations
plénipotentiaires, écumant les cautions et les
florilèges de leurs élytres,
Communicants de princières protections aux
créatives et fulgurantes causalités initiant
l'harmonique densité,
Des Êtres en leurs caractères et intentions dans des
attitudes et des épanchements lucides qualifiant
toute capacité.

« Liant et reliant toutes formulations, toutes
genèses, toutes appréciations pour en dessiner les
aspirations,
Les illustrer, les associer, et dans l'Orphéon de
l'organisation structurée les évaluer et en situer les
matrices éclairées,
Afin de légiférer et accomplir loin des limites de
leurs téguments et de leurs statismes incontrôlés et
immolés. »

Déploiement par l'horizon, de ses saluts, ses offertoires, et ses assemblées gouvernant sans drame la barque de l'argumentation,
Au long cours de l'Imaginal, sans prostration ni équivoque défi, encore moins dans l'anathème et le déni,
Puisque toute novation ne naît de l'accoutumance mais provient généralement de là où on ne l'attend pas, l'esprit soufflant où il veut.

« Sapience des pulsations manœuvrant des barques argentines se dirigeant vers les apogées et leurs crêtes azurées,
Elles-mêmes constamment renouvelées dans le cadre de la mouvance instituant leurs maïeutiques régulièrement dépassées,
Remises à niveau au-delà de la durée et de la distance afin de corréler leurs applications plutôt que les nécroser. »

Neuronale configuration s'exprimant par toutes
représentations en tous symboles pour toutes
effigies réceptives et émettrices,
Dans une assurance dont les conséquences
permettent de mettre en exergue les modalités
primaires,
Éradiquant les besoins circonstanciés de la faim
pour les matérialisations construites, et les besoins
d'expansion pour les vitalités vivifiées.

« Invocations de pratiques sans ajournement,
s'éployant tel un vol d'aigles par les pampres des
lices nitescentes,
Consacrant l'unité vitale dans des faîtes admirables
où se tient le savoir établi et transcendé dans la
ferveur,
L'humilité conférant à toute souveraineté sa
pondération éternelle, constante, ne laissant place à
l'informelle évanescence. »

Mantisse des actes et des intensités de l'altitude
dont les arcs-en-ciel ne s'estompent devant
l'adversité et ses canalisations,
Retenues, destituées et dissoutes, tant dans la
substance de l'individualité arborée que dans
l'essence du généré triomphant,
Afin de lui permettre de rayonner à la potentialité de
tout Être par son champ de génération à la
transcendance exaltante.

« Conduisant ses offensives par toutes les strates habitées, étoiles sans nombre aux éclisses diamantaires,
Livrant leur fécondité à l'astre majeur agençant leur sérielle divinité, dans des olympes admirables et solaires,
Inondant de lumière toute régularité dans ses précieuses conjonctions aux denses complémentarités. »

Objectives astreintes des pensées au-dessus des courants vivifiant la constitution suprême du crée en semis de floraison,
Attrait de l'âme illustre constituée pénétrant toutes formes et toutes structures pour les délivrer de leurs scories,
Les vivifier et les voir appréhendées par les passants de la matière ciselée, dans une ornementation fractale indivise.»

« Maturité des cycles aux parcours assumés dévoilant la destinée fondée et ses seuils magistraux où l'immuable,
Dans ses vêtures accentuées, prononce la résolution impérieuse ainsi que les mobiles de ses ambres pour réaliser,
Obérer les brumes et leurs opiacées, dans une surconscience exposée, invariable d'une aristocrate vertu. »

Ébruitement de convictions par les roseraies des temples à Midi, dont la prière s'élève pour glorifier un sérail accessoire,
Où se mêlent les partages solsticiaux, les passementeries équinoxiales, et les fresques de leurs histoires natives,
Enseignées et débattues par les générations aux blondeurs appariées rendant un hommage à leurs pentes achevées.

« Tandis que le cristal aux facettes incalculables renvoie dans l'onde la rémanence de son orbe pour initier les mondes en gestation,
Aux désertiques jubilations, aux citadelles en formation, aux dévotions ointes, toutes inspirées d'un désir,
Toutes assignant en leur arôme les principes contre lesquels chutent les invariances aux connotations stériles. »

Nuées recouvrant naguère de leurs mornes silences les cinabres et les marbres altiers aux allégories nuptiales,
Constituées et rayonnées, dissipant tout naufrage par leurs terres ensemencées, tant d'irisation au flot composé,
Libérant la mélodie des cieux pour en axer les orientations accompagnant leur vœu dans la formalité du réel.

« Magnificence de fleuves figurés s'émondant de rives endeuillées, enthousiastes de nefs de quartz et de schistes,
Venelles d'anachorètes alluvions de palissandre et de teks, où une architectonie fulgure pour hisser un pavillon d'or,
Étincellement de sites adressés par la pluviosité des nacres et des grenats où s'incantent les diversités distinctes de la nue. »

Fondations en accords dont les démarches motrices sans conflits exploitent tout sillon afin d'en révéler le signifiant,
Le hisser de la torpeur dans le but d'observer ses cisèlements auréolés butinant les allégresses de flores colorées,
Des Etats les pistils voyageurs envoyant leurs estafettes par toute gravitation pour la fertiliser et l'abonder.

« En reconnaître les voûtes, les devises, les essors mais également les concentrations, les créatives jouvences distillées,
Détaillant dans l'onde les atours chatoyants de leurs sèves, les féeries diurnes et nocturnes de leurs encorbellements,
Aux nidations apparaissant la viduité dans ses concepts et ses facultés les plus humbles ou les plus vives. »

Dans l'innocence d'une chrestomathie ardant de ses
racines les postures d'une œuvre acclimatée et sûre
construisant l'avenir,
Ses danses armoriées, ses prestiges constellés, ces
impressions dont les adages se véhiculent vers la
masse exclusive,
Propre à l'évolution ne se perturbant par d'allusives
ovations, mais ordinairement se couronnant de
sincérités acquises.

« Bruissement de sépales argentés, et de pétales
butinés, où s'idéalisent de mystiques alcôves, des
prêtrises inhérentes,
Dont les ferments attisent les resplendissantes
expérimentations de l'existence en leurs officiantes
contemplations,
Réciproquement dans la concertation autorisant de
faire avancer les persistances troubles vers des
clartés insoupçonnables. »

Aux marges septentrionales du Levant des
interprétations fidèles et exhaustives stimulant
l'intelligence gréée,
Leurs suavités imprégnant toute gravure pour
l'éclairer et dans cette transparence lui permettre de
progresser dans le périple,
Proposé sans noumène, désigné sans dicton de la
virtualité, obstinément pour confondre l'ambiguïté
et ses vecteurs désunis.

« Assidûment naviguant vers les eaux les plus
limpides, traversant sans refuge les tempêtes et les
ouragans ténébreux,
Afin de parfaire frontal les substrats et les intégrer
dans l'aguerrie consécration les mutant un en tout
et tout en un,
Dans une forge sans contrainte habilitant la vision à
se détourner des misaines sans précision aux
consternations indifférentes. »

Perception de dynamismes vivifiés aux tresses mémorables innervant toute la créativité précieuse d'intrépidités charriées,
Stimulant dans leurs enveloppes et par leurs allants, sans équivoque, les orientations nécessitées par les modalités,
Calligraphiées et répertoriées par l'Absolu évaluant et statuant sur le sort éminent lié à l'activité de son foisonnement.

« Insigne se dirigeant en son exigence pour vaincre le chaos et ses réapparitions frileuses, ses accoutumances,
Ses routes sombres et ses intempérances déplaçant la temporalité et l'espace dans des diachronies réverbérées,
Ne trouvant agora dans la consistance de la concordance établie et assurée par l'abondance plénière et corrélée. »

Parousie des cils ouverts sur l'Éternité, veille
d'avant-veille vaquant toutes latitudes et toutes
longitudes,
Pour les instruire à l'ornementation seyant sans
abstraction à la définition orientant toute geste dans
une motivation,
À la fois spontanée et acceptée, à la fois déduite et
hardie en les éclats des cyclones et des ouragans
célestes.

« Sapience des Sages par les limbes effeuillés, les
allées agraires et les vallées fécondes où
s'enseignent les moissons,
Dans une attente solennelle et franche coordonnant
les efforts et leurs alacrités féales afin d'en irradier
la gnose,
Et ses refrains saisonniers d'un printemps précoce,
d'un été fulgurant, germés par un automne et un
hiver impérieux. »

Fluidifiant les effluves et leurs apparitions en
majesté par toutes structures organisées, légiférées
et animées.
Dégageant, dans la nacre des cieux la préciosité des
embellies gracieuses de la fantaisie en ses sortilèges
merveilleux,
Accentuant ses pénétrations d'ardentes
efflorescences aux ondes répercutant des notes
symphoniques adulées.

« Anses de ruisselets contigus de végétations
casuelles, de faunes participes à la vigilance de
substrats légitimés,
Adaptés et passants, soulignant les prismes des
révolutions pour en affirmer les étendards aux
étoffes moirées,
Et déjà, dans la catalyse des intentions, lover dans
leurs brandons les oasis encourageant leur évolutive
consécration. »

Évaluation de toute appréciation des matricielles
abondances aux agencements émérites définissant
les variables inaltérables,
Se hissant sur les plages de l'azur et les falaises de
coralliennes phosphorescences où s'entonnent les
chants,
Et des oiseaux aux plumages chamarrés, et des
gerbes bruyantes de beauté où se désaltèrent de lys
armoiries.

« Dialogues des sentiers en quantité, de leurs
éloquences et de leurs diatribes, de leur
renouvellement,
Constamment en recherche de cette perfection
scrutant l'hégémonie pour en prendre les courbures
et en saillir les enlacements,
Aux fins de sublimer sans apparences les assises de
la puissance établissant l'équilibre par les modèles
structurés. »

Inlassablement en phase avec l'harmonie
civilisatrice dérivant les vestiges et leurs éléments à
la cendre des rites,
Les vertiges à l'ascension des monts fructueux où
s'épanouissent la grâce et la réalisation de ses
ambitions,
Dans un Chœur dont la chorégraphie s'enseigne
sans la moindre dilution, parce que de l'inné la
nature même de sa narration.

« Vague sans brèche à la houle mordorée déployant les foules lambrissées par les Îles aux coraux étincelants,
Désignant des isthmes les conquêtes et les cortèges de maîtrises appariées apprêtant des voilures remarquables,
Où opèrent des secrets dont aucun ne peut bien rester longtemps caché tant leur énigme est proue surannée. »

Adventice conciliation dans le soulèvement des limons et des glèbes d'un labour bienveillant à la puisatière autorité,
Navigant les cosmologies imbriquées, textures par les multi-univers d'ardeurs aux resplendissantes affinités,
Où se lient les résistances pour forger la prestance sans impatience d'un Empire dont la somptuosité est ramure de l'Éternité.

« Conséquence de toute élévation par les randonnées de sa reconnaissance altière, ardant de ses brasiers de vestales augures,
Où les Mages bâtissent, réservant les odes à la puissance opérationnelle, sacrifiant tout sursis des évanescences,
Et de leurs effets, au-devant de la royale limite portant toutes bruines vers les grèves du salut et de ses offrandes. »

Conjugaison heureuse advenant par les matrices sérielles les flux d'une pérennité ne se figeant dans le désir ou l'imploration,
Mais généralement équilibrée, augurant le développement dans la considération d'épopées les plus nobles,
Comme les plus recherchés par les intelligences édifiées par sa consécration révélant les miracles de l'immanence et de ses joies.

« Nécessité confluée et naviguée où se conjoignent et la contemplation et l'action pour d'une impérissable audace,
Efforcer les emprises au dépassement de leur formalité et les mener vers l'union propice et salvatrice,
Où toute déité se désigne, s'éploie et se fertilise pour convenir sans équivoque la personnalité impériale et ses enfantements. »

Dessein dont les falaises se révèrent, se combinent et s'abreuvent de fertiles renommées par les sens éveillés,
Touchant ici l'imperceptible, dans l'évocation et dans la théorisation, car tout en sa réalité fonctionnelle,
Prononçant en les dimensions de la Vie toute communion lui intimant d'en identifier l'ennoblissement.

« Périphérique des gradins aux tremplins réverbérés à l'infini dans l'onctuosité de la miséricorde et de ses serments,
Aux voliges estompées hâlant les foyers de l'individué mais également du généré vers les éminences admirables,
Et de l'inaltéré et de ses désinences assemblées, ciselant toutes flammes pour les régénérer dans une vitale attention. »

Apprivoisée, délivrée, reconnue et maîtrisée, attisant les siècles pour s'harmoniser, s'accomplir et se parachever,
Et se destiner, dans un bruissement mélodieux éclairant les vastes bouillonnements affermissant les règnes enseignés,
Dans le chatoiement de leurs draperies aux couleurs éclatantes, charriant des suspensions diamantaires.

« Dans une appartenance comprise décimant les intrusions et des précarités, mais également des illusions et des phasmes,
Nés de l'atrophie et de ses rituels, de la hideur et de ses grimoires sans consonance, sinon celle de la poussière,
Ne pouvant combattre contre une telle efflorescence situant toutes vigueurs en ses créations les plus exhaustives. »

Couronnant incessamment par tous flots, toutes concrétisations, par-delà les supplications générées par l'abstraction,
Les évacuant sur ces rivages sans perspectives se brimant jusqu'à examiner leur nécessaire disparition,
Afin de faire surgir au-delà de leurs idolâtres accommodations la clameur formelle s'ouvrant sur toute création.

« Sans doute et sans autre réflexion que celle du déploiement en cette volonté suprême ne se résorbant dans l'occultation,
Mais au contraire affirmant sa limpide esthétique dans des voûtes solaires incendiant de leur lumière immortelle,
Les sols épousant sa modalité tant formelle qu'énergétique, discernant des sorts fluviaux les romances. »

Préambule des regards fondant de l'astre vers les péristyles, leurs inconnus, les périgées aux statuaires invoqués et évoqués,
Dont le marbre reflète les péremptions aux sentences inscrites éternellement pour les orner d'ajustements fidèles,
Dans la nacre de leurs comparaisons, de leurs corrélatives affluences et de leurs marques symboliques et supérieures.

« Devise des souffles enivrant les passages les plus difficiles et les plus délicats, les labyrinthes échevelés,
Marquant par leur intrépidité ainsi que leur vaillance les mobiles agencés invitant à en influencer les ascendances,
Et dans leur apocryphe en dépasser les ensorcellements et les envoûtements les plus monocordes et insistants. »

Correspondance des ripostes décelant parmi leurs pierreries les sentes échéant les soupçons des haleines vivaces,
Diffusant les moussons salutaires émondant les disparités et leurs écueils, les frénésies et leurs luttes malhabiles,
Pour se diriger vers l'éclair des soleils de feu alimentant les sphères et leurs états les plus profitables et gréés.

« Restaurant dans l'accoutumance la potentialité
innée d'innover et déployer par les huniers
multicolores,
Diaphanes et entrelacées, des veilles alimentées par
leur prospérité, distante des déracinements et des
balbutiements,
Éternellement par les respires concaténés et
mirifiques de l'Orphéon assignant son devenir dans
l'Être et non le paraître. »

Douve de citadelles aux herses relevées, aux
créneaux embrasés, prononçant des pavois les
armoiries immaculées,
Écrins de la complémentarité et de ses odes sans
sommeil, en recherche de l'élément œuvrant dans ses
armatures,
La flamme hétéroclite de l'existant guidant vers le
nectar de tout couronnement et identiquement de
toute fulgurance.

« Où le Verbe se concrétise, s'alimente et s'exfolie
pour mener sa quête au plus près des enseignements
communicants,
Là, ici, plus loin, délaissant le seuil pour se préciser
dans une nuptiale densité en accord avec la
prononciation,
De l'Éternité développée et omnipotente délibérant
dans ses arcanes l'influence veillant à ses
applications opérantes. »

Acuité comprise par les nombres illimités en
appropriation de ses exigences vivifiant les
harmoniques manifestations vitales,
Parcourant les étendues glorieuses pour tresser en
leurs membranes illustres les fastes non d'un
apparat mais d'un foisonnement,
Arbitrant par tout horizon les prémisses de la volition
éclairée irisant de ses actes la prestigieuse allégorie
du vivant.

« Promontoire de toute justification de l'élan personnifié ruisselant ses eaux vives par les firmaments les plus denses,
Dans des navigations stellaires et rigoureuses inhérentes à la potentialité de tout Être de se convoquer rencontre,
Transcendante par l'Immanence et ses floraisons solennelles, situant toute réalisation de sa personnalité spécifique. »

Où les ouragans confèrent, les tempêtes fulgurent, les terres improvisent, l'énergie conjugue, pour assurer toute lucidité,
De la profusion et ses langages par les cycles insondables, les pierreries majestueuses de leurs projections,
Évoquées et opérantes, agissantes et forgées déliant de toute configuration du futile et de ses fièvres chaotiques.

« Néant hétérogène désormais se repliant sur les contingences affamées, les incertitudes nocturnes, ces brouets habituels,
Dont les compositions rejoignent les affres et les mystères désœuvrés, pour se prescrire aux frontières épisodiques,
Tenter d'en abstraire les ères sans y parvenir, puisque inaptes, face à la détermination, répons à toutes leurs propensions. »

Les empêchant de nuire et prospérer, la beauté et l'émerveillement en son alcôve ne s'affligeant de leurs augures,
Rejetant indéfiniment leurs pâleurs morbides, leurs envolées sans trêves, leurs dispositions inféodées, leurs paresses débiles,
Ces miroirs brisés où se fixent en lices les offertoires de la nuit et de ses monstrueux et cruels décharnements votifs.

« Toutes estampes en ruine en présence de la virginité ne s'immolant mais inversement répercutant ses diaphanéités,
Pour subjuguer et convertir dans une cohérence magistrale tout Être par son champ d'action aux conjonctures impérieuses,
Enrôlant l'innocence pour en statuer la capture, activant la hardiesse pour en initier la prêtrise, dans une clarté indicible. »

Lumière inaltérable exaltant tous les défis de la
naissance et de la gestation, de la mesure et de
l'éternité,
Afin de resplendir par toute période et tout espace les
fonctions novatrices de son aboutissement, de ses
féeries,
Et de ses ambres aux gravitations symphoniques et
architectoniques pulsant les modalités de toute
transmutation circonstanciée.

« Défaisant les abysses et naturant les pentes
accédant aux crêtes les plus loyales et les plus
conséquentes,
Par toute visitation de la plénitude et de ses
embruns, jusqu'aux déserts sous les vents les plus
impénétrables,
Harcelés et châtiés, se motivant grâce à l'augure en
majesté les libérant de la torpeur et de ses assiduités
profondes. »

Innervant cette surconscience nécessaire à la
mutation graduelle qualitative dont tout un chacun
doit se rendre maître,
Afin de s'apparier au réel et ne se fourvoyer dans les
malencontreux canaux de la virtualité et de ses
phasmes,
Ces orées insanes, sans lendemain s'assouvissant
dans le déni de toute forme et de toute construction,
pour se nantir de l'informe.

« Afin de détruire et détruire encore dans un
aveuglement sans bornes confinant à une stérilité
globale,
Cette calamité réduite à portion congrue avant de
s'évanouir sous l'emprise impériale ne tolérant ces
déviances inouïes,
Les réduisant à l'infinitésimal, sous contrôle au motif
des afflux ternissant sa flamme sans vivacité
s'étiolant devant son maelström. »

Rang de toute réverbération par les multi-univers, les
humbles de sources élémentaires, les couronnées en
prélude d'éclosion,
Les derniers caractères de la fractalité des cosmos et
de leur commencement, tous indivis dans leur
pluralité symbiotique,
Car conséquents d'un apprentissage nécessaire se
devant invincible pour conjoindre les formations
d'une exfoliation.

« Tant de leurs jaillissements individués que générés,
réciproquement s'abreuvant de leurs forces,
continuellement,
Pour se signifier par-delà les appréciations et les
stagnations, issues de jugements sans autorité ni
fondements,
Sinon ceux de la léthargie et de ses étourdissements
cherchant ordinairement à figer la magnificence pour
en abstraire les vertus. »

Impuissants en ce palier par les Pléiades s'ouvrant
sur la charge naturelle, dans des horizons ceints de
l'essentielle intelligence,
Éclairant toute demeure concrétisée pour la susciter
à la cristallisation des potentiels d'un
épanouissement inaltérable,
Florilège et passementerie de lacs dont les
concrétions sont connotations amplifiées
d'inspirations élaborées.

« Se ramifiant dans les étoiles éblouissantes pour
initier toutes formalisations dans une contraction
conjuguée et élevée,
Enflammant son orphéon en le menant à l'apogée des
valeurs et de leurs constructions, dont nulle ne
s'exclue,
Parce que largesse de la prodigalité perfectible allant
vers les espaces ariser la pierre d'œuvre de l'hymne
sublimé. »

Par les chaumes et les cités, les fluviales frondaisons,
les prairies natales, les forêts millénaires, les cimes et
les abîmes,
Par les liaisons euphoniques, leurs étincellements
augurés, leurs prestances assignées, par toutes ces
routes ouvragées,
Affluant la pérenne pesanteur des mémoires
acclimatées, régentant leur stature, émondant leurs
scories, acclamant leur ferveur.

« Magistrale distinction de l'enfantement dont les
manifestations vont et viennent les artères florales et
indivises,
Dans des nefs diamantaires parcourant les écumes
des mers triomphantes, des Océans aux charpentes
gravifiques,
Dont les assonances et dissonances arbitrent des
traverses concédant de naître aux escales
diluviennes. »

Pœciles portuaires des épanchements miroitant la
fécondité des macrocosmes, leurs illuminations, et
surgissant en leur seuil,
Ces moments d'émotion participe de la grandeur ne
se conviant ni à la soumission ni à l'affaiblissement,
ni à la mise en servage,
De Peuples en joie de se constituer et d'être par le
sein des galaxies assainies par des ascensions
concrètes.

« Dénominations de primordiale autorité veillant à
leur parfaite croissance par les chemins aux nombres
démesurés, développés et sériés,
Où, matriciels, se tiennent les tremplins de la
perfection et leurs fresques opalescentes statuant sur
les usages,
Les appariements et les conjugaisons appropriées
autorisant d'investir au-delà des contemplatives
langueurs les gestes constellées. »

Advenant dans les chœurs les pulsions des ovations
et des triomphes, dans les coordonnées d'une
interdépendance,
À l'immensité, tout en témoignant leur identité, sa
réalité, ses formalités et ses conjonctions motrices et
organisées,
À l'image du Vivant en son individualité conduisant
vers les autres, son orbe de Vie, afin de la partager et
la préserver.

« Augure de l'harmonie sans défaillance ne se prêtant au jeu des apparences, mais cinglant vers le large ses étonnantes propriétés,
Confluant dans un symbiotique essor les poudroiements des galaxies limpides dont les constitutions,
Aux rives complémentaires, fondent toutes créations civilisatrices, sous les cieux favorables d'une compréhensive maturité. »

Iris de la vertu dont l'aristocrate condition ne se perd, assidûment se reflète et se prend pour découvrir dans quelque lieu,
Par quelque climat, l'immortelle stature de la raison associée à l'imaginal, présidant à la destinée intelligible devisée,
Dont les fondements sacrent l'arborescence de toute viduité dans une évolution signifiante par les mondes en voie d'accomplissement.

Table

PLÉIADES

I

Vincent Thierry
France, Royan, Cenac
Le 21/04/2018

Œuvres de Vincent Thierry
Catalogue

297

GÉNÉSIAQUE
Le journal d'un Aventurier

PRAIRIAL
Le Chant du Poète
De Jeunesse
Les Continents oubliés
Vents du présent

ÉCRITS DU VENT
Écrins
De Marche Humaine
L'Indivisible
Military Story and new world

HÉROÏQUES
Mutation Terrestre
Lettres à l'Amour
Les Cantiques
D'Olympe le Chant d'Or

NATURAE
Fresques d'Amour
Le Verger d'Amour
L'Interdit
Mélodie d'Amour

FENAISONS
Améthystes
Océaniques
À la recherche de l'Absolu
Voyages

HORIZONS
Ivoire
D'Histoires nouvelles
D'Orbes
Stances

SOLSTICE
Idées
Âme Française
Expressions
Solstice

D'UNIVERS
D'Iris
Démiurgique
D'Azur
Flamboyant

REGARDS
D'un Ode Vif
D'une Gerbe de Soleil
Du Songe
Du Savoir sans Oubli
Que l'Onde en son Respire
Que l'Or Solaire
Qu'azur le Cristal
Du Souffle Vivant
De l'Harmonie

ISTAÏL
Cygne Étincelant
Âme de plus pure Joie
D'un Âge d'Or Renouveau
Par le Ciel Symbolique
De l'Être Universel
Règne d'Or Liquide
De toute Luminosité

TEMPOREL
Les Sortilèges de l'Enfance

ALPHA
De l'Azur Souverain
Ivoire de l'Éden
L'Orbe Cristallin
De l'Aigle Impérial

OMÉGA
Dans la Demeure des Dieux
Le Chant du Cygne
D'Oriflamme Souverain
Le Chœur Magnifié

FRESQUES
D'or et de Pourpre
Dans la Luminosité du Verbe
L'Azur du Cristal
Qu'Enamoure l'Éternité

COSMOS
Cosmographies
Delta du Cygne
La Légende de l'Espace
Infinitude

ÉTOILES
Thélème ou l'ambre de Vie
Véga 3000
Architectura
Naturae

ARRIOR
Sous le Vent de poussière
Des Catacombes
Debout au milieu des ruines
L'Aigle Impérial regarde

RESCRITS
Aux Protocoles
À Thanatos
Aux Droits
À l'Histoire

ABSOLU
Théorie Générale de l'Universalité

NIDS
Nid de faucons
Nid de vautours
Nid de scorpions
Nid d'Aigles

COMBATS
Ordre Mondial contre nouvel ordre mondial
La Voie Templière
Contraction Temporelle
Ondine

UNIVERSUM
Universum I
Universum II
Universum III
Universum IV
Universum V
Universum VI
Universum VII
Universum VIII
Universum IX
Universum X
Universum XI
Universum XII
Universum XIII

Lanzarote Élégies
De Corse les Chants
Jeunesse lève-toi !
Métamorphose
Roseraie de lumière
Constellations
Semeur d'étoiles
Pléiades
Aux confins des Univers

EXPOSITION
Prélude
Exposition I
Exposition II
Exposition III
Exposition IV
Exposition V

MULTIMÉDIA

UNIVERS
(Shows artistiques informatiques – CD/DVD)

1992-2018 : Univers I à XXXIII
2007 : Univers Film
IDDN.FR.010.0109063.000.R.P.2007.035.40100

ÎLES
(Films CD-DVD)
Est Ouest
Atlantis
Fragments
Rêve Corse

MUSIQUE
(CD-DVD)
Émotion
Mystica

COMPILATION

ŒUVRES 2008
(CD)
Œuvres Poétiques
Œuvres Romanesques, Nouvelles
Œuvres Élégiaque, Chants
Œuvres Théâtrale
Œuvres de Science-fiction
Œuvres Philosophiques, pamphlets
Œuvres Métapolitique
Œuvres Complètes

OASIS
Thélème ou l'ambre de Vie
Essors
Lanzarote Élégies
De Corse les Chants

PROFESSIONNEL
(Base de données DVD)
Assurance Dommages

SITE INTERNET

http://harmonia-universum.com

Éditeur Patinet Thierri
http://harmonia-universum.com

Impression
http://www.lulu.com

www.ingramcontent.com/pod-product-compliance
Lightning Source LLC
Chambersburg PA
CBHW060241100726
47907CB00003B/726